斬殺始末

栄次郎江戸暦7

小杉健治

時代小説

二見時代小説文庫

目次

神田川斬殺始末——栄次郎江戸暦7

第一章　宗十郎頭巾の男

一

　矢内栄次郎《やないえいじろう》が薬研堀《やげんぼり》の元柳橋の袂《たもと》にある『久もと』を出たのは、五つ（午後八時）をまわっていた。

　今夜は、歌舞伎役者の贔屓《ひいき》筋に師匠の杵屋吉右衛門《きねやきちえもん》とともに招かれて宴席に顔を出したのだ。師匠は先に帰ったが、栄次郎は引き止められ、やっと抜け出たのがこの時間。まったく受け付けなかった酒も多少呑めるようになり、酔心地を楽しみながら、柳原通りから新《あたら》シ橋を渡り、神田川沿いを本郷に向かった。

　もう晩秋で、肌寒い。酔いが冷めるにつれ、寒さが増してくる。ふと、前方に急ぎ足でやって来るひと影を見た。

武士だ。黒の着流しで、宗十郎頭巾《そうじゆうろうずきん》をかぶっている。昌平橋のほうに向かった。

栄次郎が昌平橋の袂に差しかかったとき、数人の足音が聞こえ、やがて提燈《ちようちん》の明かりが近づいて来た。
四、五人の男たちだ。栄次郎の前で立ち止まった。
提燈の明かりを栄次郎に掲げ、中のひとりが声をかけた。

「お侍さん。ちと、よろしいですかえ」

紺の股引きに尻端折《しりはしよ》りをした男が岡っ引きのようだった。ごつい顔をしていて、目が大きい。四十前後か。

「今、ここを誰かが通りませんでしたかえ」

「誰か？　武士が橋に向かったが、何かあったのか」

「急ぎますんで」

男は昌平橋に向かった。橋を渡って印半纏《しるしばんてん》の男がふたりやって来た。岡っ引きはその男にも声をかけている。

栄次郎は再び歩きだした。

いくらも歩かないうちに、岡っ引きが追って来た。

「お侍さん。お待ちを」

少し昂奮しているようだ。

「なんですか」

栄次郎は立ち止まった。

提燈の明かりが照らされた。

「失礼でございますが、お名前をお聞かせいただいてよろしいでしょうか」

「ひとに名を訊《たず》ねる前に、自分のほうが名乗るのが筋だと思うが？」

「これは失礼いたしました。あっしは、おかみの御用を預かっている池之端《いけのはた》の伊平《いへい》と申します」

「伊平親分か。私は矢内栄次郎と申す者。いったい、何事なのですか」

栄次郎は名乗ってから、伊平の岩のようなごつごつした顔を見た。

「辻斬りです」

「辻斬り？」

「へえ、湯島聖堂の脇で、若い男が斬られました。悲鳴を聞いて駆けつけると、こっちのほうに歩いて行く侍の姿を見つけ、こうして追って来たってわけです」

伊平は息継ぎをしてから、

「矢内さまは侍が橋を渡って行ったと仰《おつしや》いましたが、ちょうど橋を渡って来た職人に訊ねると、誰ともすれ違わなかったと言うのです」

「なるほど。それで、私が怪しいと睨んだのか」

「いえ、怪しいだなんて。ただ、事情をお聞かせ願いたいと思いまして」

伊平はあわてて言い訳をする。

「その職人はどちらから来たのだ？」

「須田町からまっすぐ昌平橋に向かって来たそうです」

「そうですか」

栄次郎は困惑した。嘘をついた格好になったようだ。

「確かに、見かけた侍は橋に向かいました。橋を渡らなかったとしたら、船に乗り込んだのかもしれませんね」

「船？」

伊平は皮肉そうな笑みを浮かべ、

「逃げる途中で、何食わぬ顔で引き返して来たとも考えられますぜ」

「なるほど。困りましたな。そうだ、船に気づいたか、その職人に確かめてみては？」

栄次郎はさして困った口振りではなく言った。

伊平は少し離れたところにいる職人のところに向かった。栄次郎もついて行く。

職人は小さくなって待っていた。

「おまえさんが橋に差しかかったとき、橋のそばに船が停まっていたか気づかなかったかね」

伊平はおだやかにきく。

「そういえば、川船を見ました。あっしが橋を渡りかけたとき、水音がしました。岸を離れたんだと思います」

「船に乗っていた人間を見たか？」

「さあ、暗くてわかりません。ただ、お侍さんらしいと思いました」

「なに、侍が？」

「はい」

「後ろ姿しか見えませんでしたが、刀を立てて船に乗っていました」

「船はどっちへ行った？」

「水道橋のほうです」

伊平は手下に耳打ちした。

手下ふたりが川沿いを水道橋のほうに向かって走って行った。

伊平は職人に顔を向け、

「すまねえが、またきくことがあるかもしれねえ。名前を教えてもらおうか」

伊平が職人にきいている。

さっき見かけた宗十郎頭巾の武士が辻斬りだったのは間違いないだろう。

職人を解放し、伊平が再び栄次郎の前にやって来た。

「矢内さま。とんだ失礼をいたしましたようで申し訳ございません」

「そのことは構いません。でも、親分たちは辻斬りが出ることがわかっていたのですか」

「じつは、これで三人目なのです」

「三人？」

「へえ、それも、このひと月の間。最初は左衛門河岸で浪人、次に和泉橋の近くで商家の番頭。そして、今回の湯島聖堂の脇と皆、神田川沿いなんです」

左衛門河岸は新シ橋と浅草橋の間にある。庄内藩主酒井《さかい》左《さ》衛門尉《えもんのじょう》の屋敷前にあるので、そう呼ばれている。

「なるほど。それで、警戒をしていたわけですね」

栄次郎は頷いてから、

「私の帰り道です。現場まで案内していただけませんか」

「よろしいでしょう」

栄次郎は伊平とともに湯島聖堂のほうに向かった。

提燈の明かりが灯り、ひとが数人固まっていた。足元にひとが倒れ、莚《むしろ》がかけられていた。

同心や検死与力がやって来るのを待っているのだ。

「親分。ホトケさんを見させてもらっていいですか」

栄次郎は頼んだ。

「いいでしょう」

下手人と間違えたという負い目があるからか、伊平はあっさり答えた。

手下は莚をめくった。

栄次郎は合掌してから、亡骸《なきがら》を見た。土気色の顔が目に飛び込む。二十半ばぐらいか。右肩からの袈裟懸《けさが》けで斬られていた。

一刀で絶命している。かなりな腕前だ。

「前のふたりも袈裟懸けで？」

「そうです」

そのときになって、ようやく検死与力と同心がやって来た。

栄次郎はその場から離れた。


本郷の屋敷に帰って来た。

矢内家の当主は兄栄之進《えいのしん》で、二百石取りの御家人である。役職は御徒目付《おかちめつけ》。若年寄の耳目《じもく》となって旗本や御家人を監督する御目付に属し、事務の補助や巡察・取締りを行う。

台所で瓶から杓で水を汲み、いっきに呑み干した。そのとき、背後にひとの気配がしたので、振り向いた。

すると、さっと消えたひと影。着物の袂が目に入った。女中ではない。母だと思った。

毎晩、帰りが遅いとの小言を頂戴するのかもしれないと、栄次郎は身をすくめながら、自分の部屋に向かった。

部屋でしばらく様子を窺ったが、母からの呼出しはない。ほっとしたものの、呼出しがないとかえって気になった。

栄次郎は部屋を出て、兄の部屋の前に立った。襖《ふすま》の隙間に明かりが見える。まだ、起きているようだ。

「兄上。よろしいでしょうか」

栄次郎は声をかけた。

「入れ」

兄の返事を聞いて、栄次郎は襖を開けた。

兄は文机《ふづくえ》に向かっていた。栄次郎が腰を下ろすと、兄は書類を閉じ、振り向いた。

口を真一文字に結び、家長としての威厳を保つように胸を張って、栄次郎を見返した。

「お勉強のところをお邪魔して申し訳ございません」

「構わぬ、何か」

兄は不必要なことは一切言わない。口数が多いほうではない。黙っていることが、威厳を保つことと心得ているようでもあった。

だが、ある場所では、これが無口な兄なのかと思わせるほど豹変することを、栄次郎は知っている。

「母上に何かございましたか」

栄次郎はきいた。

「母上に？　いや、なぜだ？」

「帰って来て、台所で水を呑んでいると、母が私の様子を窺っていたのです。てっきり、呼ばれるかと思ったら、呼出しがありません。いつもと勝手が違うので、ちょっと気になったのですが」

「別に変わったことは何もないが」

兄も表情を変えずに答える。

「そうですか。それならよいのですが、また縁談話かと思いまして」

「それだ」

兄はぽんと膝を叩いた。

「何か」

栄次郎は訝《いぶか》しくきく。

「じつは、母上は俺の嫁をいろいろ探しているらしい」

「ああ、兄上のほうですか」

栄次郎はほっとした気持ちが顔に出た。

「こっちの気持ちにもなってみろ」

「すみません」

栄次郎は頭を下げた。

兄嫁が急の病で亡くなり、現在兄は独り者である。最近になって、母上も兄を再婚させようとしているのだ。

だが、兄は断っている。亡き妻をいまだに忘れられないと言い訳をしているが、今の兄はひとり身の自由を謳歌しているのだ。

兄は深川仲町《なかちょう》の遊女屋が気に入っている。兄嫁に先立たれ、いつまでも悄気《しょげ》ている兄を強引にその遊女屋に連れて行ったところ、すっかり病み付きになってしまった。

場末の女ながら、開けっ広げで飾らず、身分差も関係なく、気を使わずにつきあえるところがよかったらしい。中でも、おぎんという遊女が兄のお気に入りだ。

「母上は岩井《いわい》さまにお願いしているらしい。岩井さまから様子を聞き出してもらいたいと、栄次郎に相談したかったのかもしれぬ」

「それは困りましたね」

栄次郎は眉根を寄せた。

「岩井さまには、兄上の気持ちを申し上げ、相手を探すのを控えるようにお頼みしているのですが……」

少し間を置いて、栄次郎は真顔で言った。

「兄上。いっそ、再婚なさったらいかがですか」

「ばかを申すな。今の気楽さを味わったら、妻をもらうなどとんでもないこと」

兄はむきになって言った。

「そうですね。深川にもそうそう気楽に行けなくなりますからね」

「いや、俺は別に……」

兄は厳《いか》めしい顔でうろたえた。

「ところで、栄次郎は舞台に出たそうだな」

兄が妙に遠慮がちにきいた。

「はい。無事に終わりました」

次男坊の気楽さもあって、栄次郎は浄瑠璃《じょうるり》の師匠の杵屋吉右衛門に弟子入りをし、三味線を習っている。杵屋吉栄《きちえい》という名取名《なとりな》をもらっている。

先日の市村座に、歌舞伎役者の踊る『藤娘《ふじむすめ》』の地方《じかた》として師匠の杵屋吉右衛門と兄弟子の吉次郎《きちじろう》とともに出演した。

踊る者を立方《たちかた》といい、唄や三味線、笛や太鼓など伴奏を受け持つ者を地方という。

栄次郎は脇三味線を受け持った。

その慰労の意味で、贔屓筋が一席設けてくれたのだ。帰りにはたっぷりと祝儀までくれた。

「そうそう、じつは兄上。ちょっとお金が入りました。どうぞ、お使いください」

栄次郎は懐から用意してあった懐紙の包を取り出した。一両を包んである。

兄がちらっと目をやる。

「栄次郎。そんな真似はするな」

さらに厳しい表情になったが、兄の目は懐紙の包に向いている。

「では、これで」

栄次郎は立ち上がった。

「栄次郎。いつもすまんな」

栄次郎が襖に手をかけたとき、兄が声をかけた。

振り向くと、兄は再び口を真一文字にし、威厳に満ちた顔で栄次郎を見ていた。

二

翌日の朝、いつものように栄次郎は庭に出て、素振りをして汗を流した。

栄次郎は田宮流居合術をよくし、毎日庭に出て、柳の木を相手に居合の稽古をしているのだ。

母に呼ばれることなく、栄次郎は朝四つ（十時）に屋敷を出た。きょうは稽古日で、鳥越《とりごえ》の師匠のところに行くのだ。すでに、兄は登城していた。

いつもは加賀前田家の上屋敷横手から湯島切通しを行くのだが、きのうの辻斬りが気になり、栄次郎は本郷通りを聖堂のほうに向かった。

あの見かけた宗十郎頭巾の侍が辻斬りの可能性が高い。あのとき、もっと頭を働かせば、あの侍にもっと注意を向けることが出来たのだ。

こっちも少し酔っていたので、注意が散漫になっていたかもしれない。

聖堂前を素通りし、昌平坂を下って、ゆうべの現場にやって来た。
十八、九歳ぐらいの娘が立っていた。黄八丈の着物だ。襟足が白い。泣いているようだ。辻斬りに斬られて死んだ者と関わりがあるのだろう。
「もし」

栄次郎は声をかけた。

娘は振り向いた。涙が光った。

「失礼ですが、きのうの事件の……」

「はい」

「どういうご関係なのですか」

「多吉《たきち》さんは私の許嫁《いいなずけ》でした」

「そうか。多吉さんと言うのか」

栄次郎はかけるべき言葉を失った。

しばらく、栄次郎は多吉の冥福を祈りながら、娘の脇に立っていた。

足音がして、岡っ引きの伊平がやって来た。

「おや、ゆうべの矢内さまですね」

伊平は栄次郎に声をかけた。

「ええ。ここを通り掛かったら、この娘さんがいたので声をかけたのです」

「そうですかえ」

改めて、伊平は娘に顔を向け、

「店《たな》に行ったらちょっと出かけたというんで、てっきりここかと思った。おけいさん。ちょっとききたいんだが」

と、声をかけた。

「はい」

おけいと呼ばれた娘は小さな声で応じた。

「多吉は毎晩、おめえを迎えに来ているってことだが、いつもどの道を通ってくるのかわかるかえ」

「はい。湯島一丁目の町中を通って鳥居までやって来てくれてました」

「そうか。じゃあ、ここは通らないんだな」

「そうです。ですから、私も不思議でならず、ここまでやって来たんです」

おけいは涙声で答える。

「何か気づいたかえ」

「わかりません。でも、多吉さんは自分から進んでここに来たとは思えません。わざわざ、こんなひと気のないところに来るなんて」

「神田川沿いで、辻斬りが二件発生していた。そのことを、多吉は知らなかったのか」

「いえ。辻斬りの話はしていました。怖いものだと言っていましたから」

栄次郎はふたりの会話を聞いていた。

話の様子から、おけいは神田明神境内にある料理屋で仲居をして働いているようだ。許嫁の多吉が必ず迎えに来ていた。

だが、多吉はいつも歩いてくる道から外れてこっちにやって来た。なんのために、こっちに用があったのか。

まるで、辻斬りに斬られるためにここまでやって来たように思えてしまう。

「親分さん。きっと敵《かたき》をとってください」

おけいの声が耳に入った。

「ああ、必ずとってやるぜ」

おけいは引き上げて行った。

「親分。こんな日だというのに、あのひとはお店に出ているのですか」

「いや。葬式の前に祝言《しゅうげん》を挙げるそうです。その相談にやって来たらしい」

「祝言ですって？」

「へえ、死者との結婚ですよ。死んだ多吉は棒手振《ぼてふ》りの行商をしながら小さな店を持つのだと頑張っていたそうです。料理屋の女将《おかみ》さんも不憫だから形だけでもしてやろうと言ってました」

「そうですか」

強い娘だと、栄次郎はおけいの顔を思い出した。

それにしてもなんの罪もない男を斬殺し、若いふたりの夢を打ち砕いた辻斬りが憎かった。

「ところで、今聞いていると、多吉がなぜここにやって来たのか疑問のようですね」

栄次郎はきいた。

「そうなんですよ。辻斬りに間違いありませんが、なぜ多吉がこっちに来たのか、そのことが気になります」

伊平がごつい顔をしかめた。

「親分は辻斬りをどんな人間だと見ているんですか」

「最初は浪人かとも思いましたが、矢内さまの目撃した侍が辻斬りだとしたら、れっきとした武士かもしれません。どこかのご家中《かちゅう》の侍か……。ひょっとしたら、刀の試し斬りとも考えられますので、刀剣屋にも当たっているところです」

「なるほど。試し斬りですか。ただ、そうなると、面倒ですね」

「へえ。ですが、相手が誰であろうときっと下手人を暴いて見せます。じゃあ、あっしはこれで……」

「あっ、親分」

栄次郎は呼び止めた。

「多吉の住まいはどこなんですか」

「神田多町《たちょう》の宗兵衛《そうべえ》店《だな》です」

そう言い、伊平は去って行った。

辻斬りがれっきとした武士という見方は間違っていないだろう。ただ、伊平はご家中の人間と言っていたが、直参《じきさん》の可能性もあると思った。

夜目であったが、あの宗十郎頭巾の侍の身なりからして小禄な武士とは思えなかった。ただ、浪人者が直参ふうを装って辻斬りに及んでいるということも無きにしも非《あら》ずなので、早計には結論づけることは出来ない。

栄次郎は明神下の長屋に足を向けた。そして、長屋木戸を入り、新八《しんぱち》の住まいの前に立った。だが、新八は留守だった。

栄次郎は長屋を出た。

栄次郎は御徒町《おかちまち》の武家地を抜け、鳥越神社の裏手にある師匠の家に向かった。

師匠の家に上がると、早々と大工の棟梁が茶を飲みながら待っていた。隣りの部屋で稽古をしているのは新八だった。

新八は渋いいい喉をしている。

栄次郎がそばに座ると、棟梁が顔を向けた。

「まったく、物騒な世の中ですなあ」

「棟梁。ひょっとして、辻斬りのことですか」

「栄次郎さんも聞いていましたかえ。また、辻斬りが出たそうじゃないですか」

「ええ、これで三人が斬られたそうですね」

栄次郎は痛ましい思いで言う。

「二番目に襲われたのは、私が普請したことのある神田相生町《あいおいちょう》の下駄問屋『森田屋』の喜兵衛《きへえ》という番頭でしてね、あんないい番頭さんが殺されてしまうなんて、まったくやりきれませぬな」

棟梁は煙管《きせる》の煙を吐いてから、

「早く、下手人を見つけてもらいたいものです」

三味線の音が止んだ。

新八の稽古が終わったようだ。

「師匠、ありがとうございました」

そう言い、新八が戻って来た。

小柄だが均整のとれた体つきは敏捷そうだった。

「じゃあ、お先に」

棟梁が立ち上がって、師匠の前に向かった。

「新八さん。あとで、ちょっと話があるんですが」

この場では出来ない話なので、稽古が終わるまで待ってもらおうと思ったのだ。

「よございますよ」

新八はあっさり答えた。

相模《さがみ》の大金持ちの子で、江戸に浄瑠璃を習いに来ていると言っていたが、新八は豪商の屋敷や大名屋敷、富裕な旗本屋敷を専門に狙う盗人だった。

追手に追われる新八を助けたことから、親しくつきあいはじめた。助けられたことに恩誼を感じていて、栄次郎の力になってくれている。

ところが、ある旗本屋敷に忍び込んだとき、旗本の当主が女中を手込めにしようとしているのを天井裏から見て、義侠心から女を助けた。

そのことで、足がついてしまい、奉行所から追われる身になった。一時は江戸を離れたが、御徒目付の兄の計らいで、難を逃れたのだ。

その代わり、新八は兄の手先ということになったのである。その御徒目付の手先である新八に、栄次郎は話があったのだ。

大工の棟梁の稽古が終わり、栄次郎は師匠のところに向かった。

見台《けんだい》の前に腰を下ろす。

「お願いいたします」

栄次郎は頭を下げた。

「吉栄さん、ゆうべはごくろうさまでした。あれから、いかがでしたか」

「はい。私も半刻（一時間）ほどして帰りました。皆さんはまだ、盛り上がっておいででした」

贔屓筋の旦那衆である。札差《ふださし》や材木商など、そうそうたる顔ぶれで、芸者も何人も呼び、ぜいたくな宴席だった。

「まあ、皆さんに喜んでいただけた芸が出来たということでしょう」

師匠も満足そうだった。

「では、まず、『勧進帳』を浚《さら》いましょうか」

「はい」


稽古を終え、新八といっしょに師匠の家を出た。

栄次郎は鳥越神社の前の道を大名屋敷の中の七曲がりの道を行き、酒井左衛門尉の下屋敷の脇から神田川に向かった。

左衛門河岸に出て、川っぷちで立ち止まった。

「新八さん。ここで、辻斬りがあったそうですね」

栄次郎は口を開いた。

「ええ。ここで殺されたのは浪人だそうです」

新八も応じる。

「じつは、きのうその辻斬りを見かけたんです」

栄次郎は昨夜のことを話した。

「ちらっと見かけた宗十郎頭巾の侍は身につけているものなどからして直参、それもある程度の禄を食《は》む者のように思えてならないのです。それとなく、兄上に話を通しておいていただけますか。もちろん、私から聞いたとは言わないで」

「わかりました。辻斬りが直参とあれば、御徒目付の出番になりましょう。栄次郎さん、ありがとうございます」

「えっ？」

「いえ、手柄を立てて兄上さまに恩返しをしたいと思っていたところです。この件で、きっと兄上さまにお手柄を立てていただけるようにあっしは力になりたいと思っています」

「新八さん。まさか、囮《おとり》になろうなんて考えているんじゃないでしょうね」

「栄次郎さん。そのつもりです。これ以上、辻斬りをのさばらせていたんじゃ、犠牲者がさらに増えることになります。あっしはよい働き場を得たと思ってます」

「そうですか。じゃあ、私もいっしょしましょう」

「えっ？」

何か言いかけたが、新八はすぐに笑みを浮かべた。

「お節介《せつかい》焼きの栄次郎さんが引き下がるはずはありませんね。わかりやした。ふたりで、夜の町を徘徊しましょうか。辻斬りを求めて」

辻斬りが直参だったら、奉行所の人間も迂闊《うかつ》には手が出せない。だから、御徒目付である兄の出番であり、そのために手を貸そう。そう思っただけではない。

さっき許嫁の多吉が斬られた場所に佇んでいたおけいの姿が脳裏に焼きついているのだ。若いふたりを引き離した残虐非道な人間が許せないのだ。


その日の夕方、栄次郎は神田多町の宗兵衛店に向かった。

木戸を入ると、路地にひとがあふれている家があった。そこにいるひとたちは皆、泣いている。

線香の匂いがしている。栄次郎はそこに近づき、家の中を見た。白無垢《しろむく》の娘が横たわった男のそばにいる。おけいだ。

おけいが三三九度の盃を口に運んだ。

（きっと敵は討ってやる）

栄次郎は心の内で呟いた。

引き返し、木戸を出たところで、伊平と出くわした。

「矢内さまじゃありませんか」

「伊平親分か」

「どうして、ここに？」

「おけいという娘のことが気になりましてね。いま、祝言を挙げています」

「痛ましいことですぜ」

伊平はやりきれないように言う。

「それより、親分。辻斬りには仲間がいます。船を漕いでいるのですから、元船頭か漁師かもしれません。その線からの探索をしてみたらいかがですか」

「そうですね。さっそくやってみましょう」

「それから、船で逃げて行っているんですから、神田川の各所に見張りを立てておくのもいいかもしれませんね」

栄次郎が忠告すると、伊平は不快そうに顔を歪めた。

三

それから毎晩、栄次郎と新八は浅草黒船町のお秋《あき》の家で夜になるのを待って、出かけて行くようになった。

お秋は以前は矢内家に年季奉公していた女で、今は八丁堀与力崎田孫兵衛《さきたまごべえ》の妾《めかけ》になっていた。

表向きは、崎田孫兵衛の腹違いの妹ということになっている。

矢内家にいたときは、兄に言わせるといじらしいほど初《うぶ》な女だったそうだが、今は少し肉付きがよくなり、あだっぽい大年増《おおどしま》になっている。

「毎晩、おふたりでどこへ出かけているんですね」

夕餉をご馳走になったあと、お秋が不審そうにきいた。

「なんでもありませんよ」

のんびりした声で答え、栄次郎は新八といっしょにお秋の家を出た。

ふたりは蔵前通りを神田川に向かった。

昼間は活気を見せる札差や米屋が立ち並ぶ元旅籠町や森田町もひと影も少ない。犬の遠吠えが寂しそうに聞こえてくる。

今夜で、七日目になる。辻斬り犯は、ただひとの血を見たいために町に出ているのだ。おそらく、飽きるまで続くはずだ。前回から七日も間隔が空き、辻斬りはそろそろ血に飢えてくる頃だ。今夜あたり、出没しそうな気がした。

これ以上の、犯行を許してはならない。なんとしてでも辻斬りを捕まえなければならない。

ただ、犯行場所がわからない。過去三度が神田川沿いであっても、今度も神田川沿いで辻斬りを働くという保証はない。いや、かえって、場所を変える可能性が強い。

そうなると、辻斬りに出くわすのが難しいことになる。

「新八さん。今夜は歩く場所を変えてみませんか」

鳥越橋を渡ったところで、栄次郎は口を開いた。

「神田川沿いは奉行所で警戒に当たっています。いくら、神出鬼没の辻斬りといえど、二の足を踏むのではないでしょうか」

「確かに、仰るとおりです。でも、そうなると、どこか見当もつきませんが」

「辻斬りは船で移動しているようです。大川を横断し、本所・深川で犯行に及ぶ可能性もないとは言えませんが、わざわざそんなところまで行くとは思えません」

「そうなると、絞り込むのが難しいですね」

「ええ。ただ、川に近い場所で凶行に及ぶことは間違いないと思います。犯行後は船で逃げているのですから」

「そうですね。そうなると、下谷《したや》一帯、御徒町や向柳原《むこうやなぎはら》の神田川からそう離れていない場所の可能性がありますね」

「あとは川の向こう、内神田です。柳原通りから八辻ヶ原《やつじがはら》……」

栄次郎は迷ったが、浅草橋を渡り、柳原通りに入り、八辻ヶ原のほうに向かった。

そこからは新八が先に歩き、栄次郎は遅れてついて行く。

暗がりにちらほら黒い影が見えるのは町方《まちかた》のようだ。岡っ引きの伊平も、こっち側を警戒しているようだ。

途中、つけられているような気配がした。さりげなく、後ろを窺うと、ふたつの影がついて来る。

栄次郎は苦笑した。辻斬りに間違われたのかもしれない。それも無理ない。何事もなく筋違《すじかい》御門の近くまで来たとき、提燈の明かりが近寄って来た。

「これは矢内さまではありませんか」

岡っ引きの伊平だった。

「伊平親分か」

ついて来た男もそばで立ち止まった。

伊平は手下に向かい、

「このお侍さんは関係ない」

と、声をかけた。

手下たちは来た道を戻った。

「なぜ、こんな場所をうろついているんですかえ」

改めて、伊平が栄次郎の顔を見た。

「辻斬りに出会いたいと思いまして」

「辻斬りにですと？」

伊平はいかつい顔を少し歪ませ、

「どういうわけで、矢内さまがそんな真似をなさるんですかえ」

と、迫った。

「辻斬りを見かけた縁です。あのとき、辻斬りのことに気づいていれば、みすみす見逃すことはなかったと思うと口惜しいのです。それに、おけいの花嫁姿を見ました。

辻斬りを許せないと思ったのです」

　辻斬りが直参の可能性があることも、栄次郎を突き動かした理由のひとつだが、そのことは言わなかった。

「お気持ちはわかりますが、変な動きをされたら、疑われます。自重していただきたいですね」

　伊平はまたも不快そうに言った。

　辻斬りの正体が摑めず、いらついているのかもしれない。

「わかりました。伊平親分の足を引っ張らないようにします」

　栄次郎は悪びれずに言い、

「辻斬りの仲間のほうはいかがですか。素行不良の元船頭か漁師です」

「まだです」

「多吉が、なぜ、あの現場に行ったのか、何かわかりましたか」

「まだだ」

　今度は伊平は不機嫌そうに答えた。

　だが、栄次郎はそんなことを意に介さず、

「ひょっとしたら、誰かに誘われて、あの場所まで行ったのかもしれません」

「誰かにですって。なぜ、そんな真似をするのですか」

「わかりません。ただ、推測すれば、多吉は昌平橋を渡ったとき、船から下りる侍の顔を見てしまったとか」

「…………」

「それで、仲間がおけいを待っている多吉を言葉巧みに現場まで誘い出した。そういうことも考えられます」

「しかし、矢内さまは逃げて行く侍しか見ていないのではありませんか。そうだったら、侍ともうひとりの男を見てなくてはなりません」

確かに、栄次郎が目にしたのは侍だけだ。

「親分の言うとおりだ」

栄次郎は自分の考えに手落ちがあることを素直に認めた。まさか、もうひとり仲間がいるなどということは考えられない。

やはり、多吉は自分の意志で現場に向かったのであろう。

そのとき、「親分」と叫びながら走って来る黒い影があった。

「おう、こっちだ」

伊平が大声を出した。

「親分、出た。鎌倉河岸でさあ」

手下が悲鳴のような声で言った。

「なに、鎌倉河岸だと」

言い終わらないうちに、伊平は駆けだしていた。

「親分」

栄次郎は呼び止めた。

「念もために神田川に見張りを」

「そうだな。よし、おめえは昌平橋で上って来る船を見張れ。侍が乗っている川船が来たら、あとをつけろ」

「へい」

と、命じられた男は昌平橋に向かった。

改めて、伊平は鎌倉河岸を目指した。

鎌倉河岸にひとだかりがしていた。伊平が声を上げながら近づくと、ひとの輪が割れた。栄次郎も伊平といっしょに亡骸のところに行った。

斬られたのは大柄な男だ。袈裟懸けに一太刀。同じ人間の仕業《しわざ》だ。

「この男は指物師《さしものし》の職人で米助《よねすけ》という男です」

浪人、商家の番頭、棒手振り、そしてこの男と、相手に共通点はない。あくまでも、殺しが目的だ。斬ることで快楽を得ている男だ。

それにしても、なぜ最近になって、辻斬りをはじめるようになったのか。病気かもしれぬ。それまで抑えていたものが、最近になって発症したのか。

ひとを斬ることに喜びを見いだしている歪んだ心の持ち主だ。飽きるまで、この所業は続くかもしれない。

栄次郎は濠《ほり》を見た。こんな近くから船で逃げたとは思えない。濠沿いを先に進む。

そして、竜閑橋《りゆうかんばし》を渡り、一石橋《いちこくばし》までやって来た。

船を待たせていたとしたら、日本橋川のいずこであろう。この界隈なら、ひと目につきにくい。犯行後、ここまでやって来て船に乗り込んだのではないか。

そして、大川に出てから神田川に入る。船はどこまで上って行くか。

栄次郎はそこから引き返し、神田川に急いだ。

八辻ヶ原を突っ切り、筋違橋までやって来た。伊平の手下が橋の袂で、上って来る船を見ていた。

辻斬りを乗せた船が現れるまで、もう少し時間がかかるようだ。栄次郎は昌平橋まで移動した。

その橋に近づくと、新八が現れた。

「まだ、それらしき船は通りません」

伊平との会話を聞いていたようだ。死体発見を聞いても鎌倉河岸には行かず、すぐに神田川の見張りにまわったものと思える。

それから、半刻（一時間）ほど経った。

その間、荷足船《にたりぶね》が上り下りをしたが、今は船はほとんど通らない。

「変ですね」

暗い川面に目をやりながら、新八が呟《つぶや》いた。

「ええ、あの時刻に辻斬りをして、仮に日本橋川まで歩いて船に乗ったとしたら、とうにここを通ってないとおかしいですね」

栄次郎も不安を口にした。

「ひょっとして」

栄次郎ははたと思った。

「向こうは、我々の動きを読んでいるのかもしれませんね」

相手だって、愚かではない。町方の動きは当然、予想出来るはずだ。明らかに、裏をかいているとしか思えない。

さらに半刻が過ぎたが、怪しいと思う船は来なかった。

四

数日後の夜、栄次郎は新八とともに神田明神境内にある料理屋『平石』に上がった。ここはうなぎの蒲焼や天ぷら料理で有名だという。二階の小部屋に通された。他の座敷では芸者が入っているらしくて、三味線の音が聞こえて来る。

この近くの湯島は芳町《よしちょう》に次ぐ、陰間《かげま》茶屋の多いところで、女芸者は少ない。湯島天神下同朋町《どうぼうちょう》と下谷御数寄屋町《おすきやまち》に住む数寄屋町芸者を呼んでいるのか。

栄次郎はいつも岩井文兵衛《ぶんべえ》に招かれて薬研堀にある料理屋に挙がるので、ここははじめてだった。

挨拶に来た女将に、

「ここにおけいさんという仲居さんがいるでしょう」

と、栄次郎はきいた。

「はい、おります。お呼びいたしましょうか」

「いいえ、あとで手透きのときに顔を出していただければ結構です」

「かしこまりました」

仲居が酒を運んで来た。

「栄次郎さん、そのおけいという娘は泣かせますね」

通夜の前に死んだ多吉と祝言を挙げた話をすると、新八は感動して、ぜひ会ってみたいと言うのだった。

わざわざ、家まで訪ねて行く縁もないので、おけいが働いている料理屋に挙がってみようという気になったのである。

「気丈な娘です。それだけ、多吉のことが好きだったのでしょう」

「ほんとうに辻斬りが憎いですね」

盃を口に運ぶ手を止め、新八はやりきれないような顔をした。

「失礼します」

襖の向こうから声がして襖が開いた。

おけいがやって来た。

「あっ、お侍さまは」

おけいは表情を輝かせた。

「覚えていてくれたのか」

「覚えております。あのときは、やさしい言葉をかけてくださり、ありがとうございました」

「いや。敵《かたき》をとってやると大見得を切りながら、いまだに捕まえることが出来ずにいる。許してください」

栄次郎は謝った。

「とんでもない。でも、早く捕まって欲しいです」

おけいは首を振ったあとで、思いを込めて言った。

「おけいさん。必ず、約束を果たしますよ、栄次郎さんは」

新八が口を入れた。

「はい。よろしくお願いいたします」

襖が開き、仲居頭が顔を出した。

栄次郎たちに一礼してから、

「おけいちゃん」

と、おけいに声をかけた。

そして、すぐに襖を閉めた。

だが、おけいはなかなか座を立とうとしなかった。

「どうしたんだえ」

新八が浮かぬ顔のおけいにきいた。

「ええ」

おけいはもじもじしている。

「お呼びじゃないのかえ」

「もう少し、ここに置いていただけませんか」

おけいは哀願した。

「それは構わないが、いったいどうしたというんだね」

栄次郎は訝ってきいた。

「はい。向こうのお座敷に、『水戸屋』の若旦那が……」

「『水戸屋』というと、下谷広小路にある足袋《たび》問屋かえ」

新八が確かめた。

「はい」

「そうか。その若旦那の座敷に戻りたくないのか。だったら、ここにいなさい。私たちが無理に引き止めたことにしておこう」

新八と顔を見合せてから、栄次郎は言った。

「ありがとうございます」

おけいは安心したように微笑《ほほえ》んだ。

しばらくして、また仲居頭が顔を出した。

「おけいちゃん」

声の調子が強かった。

「すまないね。おけいさんを引き止めてしまって。でも、もう少し、ここにいてもらいたいんだ」

新八が仲居頭に言う。

「はあ、ですが、向こうのお客さまがおけいを呼んでいますので」

「こっちの客がおけいさんを離したがらないと言ってくれていい」

新八が強気に言う。

「でも」

仲居頭が困惑したようにおけいに顔を向け、

「おけいちゃん、ほんとうにいいのかえ」

と、きつい目を向けた。

「おけいさんがどうのこうのではない。あっしたちが離したがらないんだ。向こうのお客さんにそう言っておくれ」

新八が仲居頭に言う。

「わかりました」

仲居頭は怒ったように襖をぴしゃりと閉めた。

おけいははっとして、

「ご迷惑がかからないといいのですが」

と、不安そうな顔をした。

「なあに、心配はいらない。何も心配する必要はない」

栄次郎は微笑んだ。

「はい」

おけいはほっとしたように言う。

「おけいさん。お酒を持って来てもらおうか」

新八が頼む。

はいと答え、おけいが立ち上がったとき、いきなり襖が開いた。

あっと、おけいが小さく悲鳴を上げた。

痩せて長身の男が座敷に入って来た。二十五、六歳か。色白で、鼻が高い。唇は薄くてやけに赤い。だいぶ、酔っているようだった。

「おけい。すぐ来なさい」

男はおけいの手をつかみ、強引に連れ出そうとした。

「お待ちなさいましな。他人の座敷にいきなり入って来て、なんの挨拶もないんですかえ」

新八がたしなめるように言う。

「おけいはこっちの座敷の係だ。あまりに遅いので迎えに来た。さあ、おけい、行こう」

「それは困りますね」

新八が鋭い声を出した。

「まず、他人の座敷にやって来るならそれなりの作法があるはず。まず、名乗ったらどうですかえ。それじゃ、町の無頼漢と変わりはしませんぜ」

「なんだと」

男はいきり立ち、

「よし、名乗ってやる。私は下谷広小路の『水戸屋』の朔太郎《さくたろう》だ」

「天下の『水戸屋』の若旦那が、こんな狼藉《ろうぜき》をしたんじゃ、世間のひとに笑われますぜ」

「そっちこそ名乗れ」

朔太郎は呂律《ろれつ》がまわらない。

「あっしは新八っていいます」

「私は矢内栄次郎です」

栄次郎も新八に続いて名乗った。

「矢内さんですか。お見掛けしたところ、ご直参のようですが？」

「部屋住《へやずみ》です」

栄次郎は正直に答える。

朔太郎は口許に冷笑を浮かべた。

「天野《あまの》さまを呼んで来ておくれ」

背後に控えていた仲居頭に言ったあと、朔太郎はその場に腰をおろした。

おけいが不安そうな顔を栄次郎と新八に向けた。

「朔太郎さん。あなたはおけいさんを気に入っているのですか」

「私より、これから来る天野さまが気に入っている」

「天野さまは、おけいさんを嫁にしようとしているんですか」

栄次郎は世間話のように言う。

「ばかな」

朔太郎は苦い顔で吐き捨てた。

「身分が違う」

「身分ですと」

栄次郎が聞きとがめたとき、襖が開いて長身の武士が入って来た。黒羽二重《はぶたえ》の着流しである。濃い眉の下に、他人を見下すような冷たい目。真一文字に結んだ唇は攻撃的な印象だ。

「天野さま。このおふたりがおけいを離そうといたしませぬ」

朔太郎が媚《こび》を売るように、天野という武士に訴えた。

天野は栄次郎の前に進んだ。

「拙者、旗本天野三右衛門《さんえもん》の嫡男で京十郎《きょうじゅうろう》と申す。そこもとも名乗られよ」

この武士もだいぶ酒を呑んでいるようだった。

栄次郎は居住まいを正し、

「御徒目付の矢内栄之進の弟で、栄次郎と申します」

「なに、御徒目付？」

天野京十郎は一瞬、目を剝いた。

「あっしは御徒目付矢内栄之進さまの手先を務めます新八と申します」

「御徒目付であろうが、ここでは関係ない。おけいを連れて参る。よいな」

「お待ちください」

栄次郎は口をはさんだ。

「御家人の部屋住の分際で、何か文句があるのか」

「他人の座敷に無断で入って来ての狼藉。許されぬことでございます」

「なんだと」

「どうぞ、そのままお引き取りください」

「たかが、御家人の分際で、拙者に楯突こうというのか」

「御徒目付であろうが、ここでは関係ない、と先ほど仰いました。そのとおりでございます。ここでは、身分など関係ありませぬ」

「なんだと」

京十郎は不敵な笑みを浮かべ、

「そなたが御徒目付の弟なら、面白い。書院番組頭の天野家は御目付とは懇意にしている間柄。矢内家に対して注意をしてもらうように告げておこう」

京十郎は憎々しげに言う。

書院番は将軍の警護をしたり、儀式の際には将軍の給仕に当たる役目である。

新八がふと不安そうな顔をした。

しかし、栄次郎は落ち着いていた。

「書院番組頭であれば、横尾《よこお》さまをご存じですね。書院番の横尾忠右衛門《ちゅうえもん》さまです。御目付にお話になさる前に、横尾さまに私のことを話されたほうがよろしいかと思いますが」

「なに？」

「どうぞ、横尾さまに矢内栄次郎なる者を御目付に訴えてよいかお訊ねください。横尾さまがなんと仰るか」

「きさま、横尾さまとはどのような関係なのだ？」

京十郎が焦ってきく。

「いえ、一度しかお会いしたことはございません。私を可愛がってくれているある御方の友人でございます」

「おのれ」

京十郎は顔を真っ赤にした。

「兄上」

もうひとり武士が入って来た。少し若いが、京十郎と背格好も顔だちもよく似ていた。一目で兄弟だとわかる。

「兄上。行きましょう」

若い武士は朔太郎に目配せし、京十郎を座敷から連れ出した。

残った武士はその場に腰を下ろし、

「拙者、京十郎の弟で京五郎《きょうごろう》と申します。兄がとんだ失礼をいたしまして申し訳ございません。決して悪い人間ではないのですが、酒が入ると、少し気が大きくなってしまうのです。ご迷惑をおかけしたこと、ひらにお許しのほどを」

「お顔を上げてください」

栄次郎は恐縮して言う。

「こちらこそ、売り言葉に買い言葉で、いらぬことを口にしてお恥ずかしい次第。おとなげなかったと反省しております。おかげで助かりました」

「そう言っていただけると、拙者も気が休まります」

京五郎はおけいに顔を向け、

「おけいどの。申し訳ござらなかった。許してくだされ」

「いえ……」

「これにこりず、兄の相手をしていただけまいか。酔うとあのようにだらしなくなるが、決してそなたに無体な真似をするような男ではない。そのことをわかってあげて欲しい」

「はい」

「それでは、失礼いたす」

京五郎は一礼して立ち上がった。

「愚兄賢弟ですね」

京五郎が出て行ってから、新八が言った。

「私のために、申し訳ございませんでした」

おけいが泣きながら言う。

「そなたが悪いのではない」

栄次郎はなぐさめてから、

「今宵は『水戸屋』の朔太郎が天野兄弟を接待をしているというわけか」

と、きいた。

「はい。ときたま、弟の京五郎さまもごいっしょに」

「兄弟でも、だいぶ性格が違うようだな」

「はい。京五郎さまはいつも物静かで、お酒に呑まれることはありません。京十郎さまはお酒が入ると、ひとが変わってしまうようです」

「京五郎どのは、だいぶ兄思いのようですねえ」

新八が感心しながら言う。

「京五郎どののおかげで助かりました」

「ええ、確かに」

新八は徳利をつまんで振った。

「もう空ですね」

「お持ちしましょうか」

おけいが立ち上がった。

「いや。新八さん、そろそろ引き上げましょうか」

栄次郎は盃を呑み干して言った。

「へい」

「おけいさん。何かあったら、いつでも相談に乗りますよ」

「あっしの住いは明神下ですから、来てください。すぐ、栄次郎さんに知らせますから」

「ありがとうございます」

勘定をすませ、玄関に向かったとき、おけいが栄次郎を引き止めた。一足先に『水戸屋』の朔太郎と旗本の天野兄弟が玄関を出た。

朔太郎を先頭に、天野京五郎、天野京十郎と一列に敷石を踏んで門まで歩いて行く。

玄関から見送っていた栄次郎はおやっと思った。京十郎の後ろ姿に記憶があった。あっと、覚えず声を上げそうになった。

宗十郎頭巾の侍だ。辻斬りの侍に似ているのだ。

いや、遠目に夜目だ。あのときの姿格好に似ているが、はっきり断定出来るわけではない。それに、似たような背格好の侍はざらにいるだろう。

三人は町駕籠に乗って引き上げて行った。ふと、栄次郎は多吉が斬られた現場を思い出した。

なぜ、多吉はあの場所に行ったのか。

「おけいさん」

栄次郎は声をかけた。

「はい」

おけいが顔を向けた。

「天野京十郎どのは多吉のことを知っていたのか」

「はい、知っていました。問いつめられて、白状させられたことがございます」

「そうか」

栄次郎は思案を巡らせた。

「栄次郎さん、何か」

新八が気づいて声をかけた。

だが、栄次郎は新八の声が耳に入らなかった。

五

二日後の朝、朝餉のあとに、栄次郎は兄の部屋に行った。

「兄上。ちょっとよろしいでしょうか」

「うむ、入れ」

兄の声がした。

「失礼します」

栄次郎は部屋に入った。

「なんだ、栄次郎」

こっちに顔を向け、自分から進んで声をかけてくるところは怪しい。いつもは、栄次郎が切り出すのを待っているのだ。

さては、ゆうべは深川に遊びに行ったものと思える。こういった点は兄は単純であった。それだけ、ひとがよいという証《あかし》でもある。

「どうだ、近頃は？」

珍しく兄のほうから口を開く。

「何がでございますか」

栄次郎は意地悪くきく。

「諸々《もろもろ》だ」

「はあ」

栄次郎は笑いを堪え、

「そういえば、しばらく深川には行っておりません。みなさん、元気でしょうか」

すぐに返事がない。

答えに窮している兄が気の毒になり、栄次郎は話題を変えた。

「兄上。じつはお訊ねしたいことがございます」

「うむ。何か」

　威厳を取り戻して、兄は姿勢を正した。

「書院番組頭の天野三右衛門どのをご存じでしょうか」

「直接は存じあげないが、天野どのの噂はよく聞く。なかなかの人物で、生真面目な御方ということだ」

「評判はよいのですね」

「まれにみる堅物《かたぶつ》で、勤勉実直。ひとの悪口を言ったことがない。口は固く……」

「ずいぶん、褒めますね」

「人間、いいところばかりではない。堅物ということは面白みがないということだ。勤勉実直とは、あまり融通がきかないということでもある」

「なるほど」

「悪いことはまだある。それを自分の子どもたちに押しつける。すると、どうなるか。その反撥から親の言いつけと逆のことをしようとする」

「逆のこと?」

「放蕩だ」

「なるほど」

　栄次郎は京十郎のことを思い出した。

「天野さまには京十郎と京五郎どのというご兄弟がおりますね」

「おや。知っているのか」

「じつは、ゆうべこんなことがありまして」

　と、栄次郎はきのう起きたことのあらましを説明した。

「そのようなことがあったのか。今話した放蕩というのは、京十郎どののことだろう。あまりも親が厳格過ぎて、窮屈だった。その反動ではないか」

「難しいものですね」

「だが、よくしたもので、兄弟ふたりがおかしくなるものではない。弟のほうは父親ほどの頑迷さではないが、父親に性格が似ているらしい。つまり、弟のほうが出来がよいということだ」

　確かに、京五郎のほうがしっかりしているようだ。

「そのため。親戚筋からは天野家は弟に継がすべきだという意見もあるそうだ」

「そうですか。うちとは逆ですね」

「…………」

何か言いかけたが、兄は複雑な顔をした。

そして、咳払いをしてから、

「栄次郎。天野さまがどうかしたのか」

と、窺うように見た。

「いえ、ただ、きのうの一件がありましたので、どのような御方かを知りたかったのです。あとで意趣返しなどされたら敵《かな》わないですから」

辻斬りの件はまだ話すわけにはいかない。

「その心配はあるまい。天野さまは面白みもない人間だそうだが、おそらくそれは役儀に忠実なためだと思う。天野さまとて、根っからの朴念仁《ぼくねんじん》ではあるまい」

「そうかもしれませぬね。それは、兄上を見ていれば……」

はっとして、栄次郎は口を抑えた。

「栄次郎、どういう意味だ?」

「いえ、その……。兄上は硬軟併せ持つ御方だということです。そうそう、天野さまのお屋敷はどちらなのでしょうか」

栄次郎はあわてて話題を変えるようにきいた。

「確か、雉子《きじ》橋通りだったと思う。それより、硬軟併せ……」

「兄上、お邪魔しました」

あわてて、栄次郎は座を立った。

「栄次郎」

「はい」

栄次郎は襖の前で振り返った。

「寂しがっていたぞ」

深川永代寺の裏手にある『一よし』の遊女のことだ。

「わかりました。近々行ってみます」

「うむ」

兄は厳めしい顔で頷いた。

二本差しに着流しで、栄次郎は屋敷を出た。空はどんよりしている。雨になるかもしれないと思った。

きょうも本郷通りを行った。栄次郎は天野京十郎の後ろ姿を頭に描きながら昌平坂を下り、聖堂脇の辻斬りがあった場所に出た。

それから、神田川沿いを昌平橋に向かう。あの夜、多吉を斬った宗十郎頭巾の侍はこのように足早に歩いたのだ。

昌平橋の袂にやって来た。橋の下に停めてあった川船で、神田川を遡ったのであろう。

しばし、川を見てから、栄次郎はさらに川沿いを東に向かった。そして、宗十郎頭巾の侍を見た辺りで立ち止まり、振り返る。

ここから、昌平橋に向かう侍を見た。夜だったが、背格好はわかった。今、その姿形を思い出してみる。

そして、天野京十郎と比べてみた。似ている。だが、似ている背格好の侍はざらにいるだろうし、また夜目に見た姿では印象が違うかもしれない。

だから、なんとも言えない。だが、栄次郎が気にするのは、多吉がなぜ昌平坂を下ったのかということだ。

多吉は京十郎を知っている。しかし、京十郎に誘われて、のこのこ付いて行くだろうか。おけいに言い寄っている侍だ。暗がりに行くことに危険を感じなかったのか。

それから、栄次郎は明神下に向かった。

長屋木戸を入り、新八の住まいを訪れた。

新八は出かけずに待っていた。新八は小間物の行商をやりはじめた。もっぱら、武家屋敷の台所に出入りをし、女中たちに櫛や簪《かんざし》、笄《こうがい》、それから白粉《おしろい》などを売るのである。

御徒目付の兄の手先として情報を得るためでもあった。

「天野家は雉子橋通りにあるそうです」

屋敷の場所を教えてから、兄から聞いた天野家のひとびとの話をした。

「どうやら弟の京五郎のほうが出来がよく、親戚筋からは京五郎に天野家を継がせるべきだという意見があるそうです」

「そうですか。そんなことが耳に入ると、京十郎も辛いですね。自棄《やけ》気味になってもおかしくはないかもしれません」

「まあ、そのことが辻斬りに向かわせているのかなんとも言えませんが、少し京十郎の動きに注意を向けてくれませんか」

「わかりました。今夜から雉子橋の屋敷を見張り、京十郎を尾行してみます」

「お願いします。ただし、くれぐれも気をつけてください。京十郎はかなりの腕のようですから」

「ええ、十分に気をつけます」

「もう、これ以上、辻斬りの犠牲者を出したくありません」

「はい」

栄次郎は新八といっしょに長屋を出た。

途中、雉子橋通りの天野の屋敷を見て来るという新八と別れ、栄次郎は浅草黒船町に向かった。

きょうは師匠の稽古日ではないので、そのままお秋の家に足を向けたのだ。

「栄次郎さま、いらっしゃいませ」

いつも出迎えるお秋ではなく、女中が出て来た。

「お秋さんは？」

「浅草の念仏堂です」

「念仏堂？」

「お十夜《じゅうや》です」

「そうですか。もう、そんな季節ですか」

毎年十月六日から十五日まで、浄土宗の寺院では十日十夜《とうか》の法要が行われる。阿弥陀さまのお慈悲に感謝をするのであるが、この近くでは浅草寺《せんそうじ》の後ろにある念仏堂や本所回向院《ほんじょえこういん》などで行われる。

お秋は信心深いほうで、勝手口には秋葉さまのお守り、居間には穴八幡《あなはちまん》の一陽来復《いちようらいふく》のお守り。その他に、酉《とり》の市《いち》の熊手、ダルマなど飾ってある。

二階の小部屋に入り、窓辺に寄った。大川の対岸の本所・向島方面が寒々としていた。まだ、昼過ぎなのに夕方のように暗い。

女中が茶を持って来てくれた。

「栄次郎さま。何か用事がありましたら、遠慮なく申し付けください。内儀《おかみ》さんから言いつかっておりますから」

「何かあったら呼ぶよ」

栄次郎は窓から離れて答えた。

湯呑みに手を伸ばし、栄次郎は湯気の出ている茶を飲んだ。じっくり煎じてあり、緑色の濃いめの栄次郎好みの味だ。亡くなった矢内の父は味の濃い茶が好きで、その影響を受けていた。

その矢内の父から受けた影響の一番はお節介焼きのことだろう。矢内の父はとにかくひとの難儀を見捨てておけない性分で、自分の損得を度外視してひとのために尽くした。

その矢内の父と栄次郎は血のつながりはない。栄次郎は十一代将軍家斉《いえなり》の父親である一橋《ひとつばし》家二代目治済《はるさだ》が旅芸人の女に産ませた子だったのだ。

そして矢内家に引き取ったのだ。

しかし、このことがわかっても、栄次郎は自分は矢内家の子であることを譲らなかった。場合によっては、栄次郎は尾張六十二万石の太守になれたかもしれなかったが、それさえも蹴って、栄次郎は矢内家の子であろうとしたのだ。

旅芸人をしていた母は、今は川崎宿のある旅籠《はたご》の女将になっていた。一度、会いに行ったが。母も我が子とわかったようだが、お互いに名乗りあわずに別れて来た。

味の濃い茶から矢内の父や実の母のことを思い出したことに、栄次郎は苦笑した。人間というものはほんの些細なことから、過去を蘇らせるものだ。

茶を飲み終わってから、栄次郎は三味線を取り出した。

屋敷では三味線の稽古が出来ないので、この部屋を借りて弾いている。栄次郎は武士をやめ、三味線弾きになりたいと思っている。

栄次郎が三味線弾きになろうとしたきっかけは師匠の杵屋吉右衛門であった。

十代の終わり、悪所通いでさんざん遊んでいる頃、ある店できりりとした渋い男を見かけた。決していい男ではないが、体全体から男の色気が醸《かも》し出されている。それが、吉右衛門師匠だった。

師匠のように三味線を習えば、あのような粋《いき》で色っぽい男になれるかもしれない。そう思い、さっそく弟子入りをしたのだ。

吉右衛門師匠は横山町の薬種問屋の長男で、十八歳で大師匠に弟子入りをし、天賦の才から二十四歳で大師匠の代稽古を勤めたひとである。『越後獅子《えちごじし》』や『京鹿子《きようかのこ》娘道成寺《むすめどうじようじ》』などを数曲弾いたあと、ふと階下が賑やかになった。どうやら、お秋が帰って来たようだ。

部屋の中はすっかり暗くなっていた。夢中で稽古をしていて時間を忘れていた。

梯子段を上がって来る音がして、お秋が顔を覗かせた。

「栄次郎さん。ごめんなさいね」

「いや、勝手に上がり込んでいますから」

栄次郎は答え、

「お秋さん。ごくろうさまですね。どうでした、念仏堂は？」

と、きいた。

「まあ、たいへんな人出でした。でも、芝の増上寺は将軍家の御祈願所なので、大僧正をはじめ錦繡《きんしゆう》の袈裟をまとった何百人という僧侶が経を唱えるそうですから、さぞかし立派でしょうね」

お秋は行灯《あんどん》に灯を入れた。

「お秋さんは毎日、出かけるんですか」

「いえ。あんな人ごみはもうたくさん」

「おやおや、阿弥陀さまに申し訳がたつのですか」

「日頃、感謝申し上げているのでだいじょうぶですよ」

お秋は胸をぽんと叩いた。

「栄次郎さん、そろそろ夕餉の支度が出来ます。もう少ししたら下りて来てくださいな」

「わかりました」

栄次郎は三味線を片づけて階下に行った。煮つけのいい匂いが漂っていた。


階下に行くと、ちょうど崎田孫兵衛がやって来た。

「あら、いらっしゃったんですか」

お秋が不満そうに言う。

「なんだ、その言いぐさは?」

「いえ、そうじゃありませんよ。きょうは来ることになっていないから夕餉の支度がしてなかったんですよ」

「ちぇっ。とりあえず、酒だ」

孫兵衛は乱暴に言って、長火鉢の前にでんと座った。

「栄次郎どの。ちょうど、よかった」

孫兵衛が挑むように栄次郎を見た。

「はあ」

何かねちねち言われるのかと、栄次郎はため息をついた。なにしろ、嫉妬深い男なのだ。お秋が栄次郎に親切にするのが気に入らないのだ。

同心の監督や任免などを行う同心支配掛かりの孫兵衛は、いずれ町奉行所与力の最高位である年番方《ねんばんかた》になる人物である。

そんな人間が妾を囲っているのだ。お秋のところにやって来る孫兵衛はどうみても好色な中年男にしか見えない。

「なんでしょうか」

栄次郎は覚悟を決めて孫兵衛に顔を向けた。

「今、出没している辻斬りの件だ」

「そのことですか」

「なんだと思ったのだ？」

「いえ、なんでもありません。辻斬りの件で、何か進展が？」

「いや。何もない」

孫兵衛は苦い顔で言い、

「栄次郎どのは辻斬りを見かけたそうだな」

「はい。ただ、顔は見ていません」

栄次郎のことは伊平親分から同心に、そして孫兵衛に伝わったのであろう。

「それでも、今の段階では、手掛かりというのはそなただけだ。それに、辻斬りの探索にも手を貸してもらっているようだな」

「はあ、勝手にやっています。申し訳ありません。決して、邪魔立てはしませぬゆえ」

「いや、よい。まったく手掛かりがない今、そなただけが頼りだ。最後まで手を貸してもらいたい」

意外な言葉だったので、栄次郎は覚えず孫兵衛の顔を見つめた。

「四人も殺された。奉行所は何をしているかと、北と南の両奉行は登城した際、ご老中よりお叱りを受けたそうだ。なんとしてでも、これ以上の犠牲者を出してはならぬのだ」

孫兵衛は気弱そうに言った。

「わかりました。及ばずながら、私でお役に立ちますなら」

と、栄次郎は答えた。

「うむ。頼んだ」

天野京十郎のことは証拠もないので、まだ口には出来なかった。

夕餉をとり終わったあと、栄次郎はお秋の家を出た。

まだ、夜の六つ半（七時）を過ぎたばかりだ。栄次郎は三味線堀から御徒町を抜けて、筋違橋の袂に出た。

気のせいか、夜道にひと通りが少ないようだ。ことにひとりで歩いている者はいない。辻斬りが出るには早すぎる時間だが、やはり用心をして連れ立って歩くようにしているのだろう。

左手前方に、昌平橋が見える場所にやって来た。ちょうど、宗十郎頭巾の男を見かけた場所だ。

昼間もここに立ったが、やはり夜だとだいぶ雰囲気が違う。

改めて、あの夜のことを思い出し、宗十郎頭巾の侍を天野京十郎に置き換えてみた。

重なるような気がする。

もちろん、記憶が都合よく修正されている可能性はあるが、宗十郎頭巾の侍が京十郎だったとしても違和感はない。だからといって、京十郎だったというわけではない。京十郎に似た体型の侍は他にたくさんいるだろう。

栄次郎は昌平橋を渡り、駿河台の武家地から小川町へとやって来た。

そして、雉子橋通りにある旗本天野家の屋敷に近づいた。長屋門の長い塀が続いている。門の大扉も潜り戸の小扉も固く閉じられている。門番所の物見窓の中は暗いが、門番の目が光っているかもしれない。

栄次郎は門の前を行きすぎた。すると、斜め前にある銀杏《いちょう》の樹の陰の暗がりから、男が出て来た。新八だ。

「新八さん。ご苦労さまです」

栄次郎は低い声で言った。

「まだ、京十郎は出かけません」

「もう、五つ（八時）を過ぎましたね」

五つの鐘を聞いてからだいぶ経つ。

「もう少し待ちましょう」

ふたりは、銀杏の樹の陰に身を隠して、天野の屋敷を見た。

長屋門の両側には長屋が続き、用人や若党、さらに槍持、挟箱《はさみばこ》持ちなどの小者の部屋が続いている。

どこから監視の目があるかもしれず、用心して門を見張った。

月影がだいぶ移動した。栄次郎が来てから半刻（一時間）が経った。

「今夜は出かけないようですね」

新八が囁《ささや》くように言った。

「ええ。この時間で出て来なければ、もうないでしょう。引き上げましょう」

栄次郎は言った。

天野家の潜り戸が開く気配はまったくなかった。

二日後の夜、栄次郎は新八のあとをつけた。新八の前を歩いているのは天野京十郎だ。

今宵、天野家の門を見張っていると、ついに潜り戸が開いて、黒の着流しの京十郎が出て来たのだ。

京十郎は大名屋敷の間の道を抜けて、神田橋御門の前を通り、鎌倉河岸に向かった。

数日前、辻斬りが出た場所だ。まだ、五つ（午後八時）前で、河岸にもひと影は多く、居酒屋からは賑やかな声が聞こえて来る。

新八の前を行く京十郎は竜閑橋の袂で立ち止まった。新八の動きも止まったので、栄次郎も足を止めた。

京十郎は迷った末に、橋を渡らずそのまままっすぐ進んだ。日本橋の大通りを越え、さらに行く。

亀井町を過ぎてから、浜町堀のほうに曲がった。

そして、浜町堀を行き、浜町河岸で立ち止まった。栄次郎は新八に追いつき、京十郎の様子を窺った。

何をするのか、栄次郎は固唾《かたず》を呑んだ。もし、辻斬りを働く気振りがあれば、すぐに飛び出して行かねばならない。これ以上の犠牲者を出してはならないのだ。

しばらくして、再び歩きだした。やがて、大川に出る。

引き返して来る場合に備え、武家屋敷の塀際の暗がりに身を隠した。だが、京十郎は大川端を新大橋のほうに向かった。

新大橋の袂を過ぎ、さらに薬研堀のほうに向かった。大川の反対側は大名の下屋敷の裏手である。

結局、その夜、京十郎は薬研堀の手前を左に折れ、横山町から本町通りに入り、再び鎌倉河岸を通って屋敷に戻った。

「尾行に気づかれたのでしょうか」

新八が無念そうに言う。

「気づかれたとは思えないのですが……」

しかし、京十郎の不可解な行動は尾行に気づいたゆえだと思わざるを得なかった。

翌朝、栄次郎は庭に出て、炭小屋の近くにある柳の木の前に立った。素振りをする場所だ。

今は葉はだいぶ落ちている。栄次郎は柳の葉を相手に居合腰で構える。風にそよと揺れる一瞬をとらえ、抜刀する。

半刻（一時間）ほど居合を繰り返すうちに、額から汗が滲んできた。その汗を手の甲で拭いながら、栄次郎は己の未熟さを思い知った。

まだどこかに余分な力が入っているのだ。だから、このような汗をかく。風に揺られるごとく、自然な動きをすればこのように汗もかかず、疲れも違うはずだ。

まだ、栄次郎は自分の居合が完成されていないことを思い知らされた。

井戸端で汗を拭き、濡縁に戻ると、兄が立っていた。

「栄次郎、あとで部屋に来てくれ」

「はい」

栄次郎は刀をもって部屋に戻った。

刀を置いて、栄次郎は兄の部屋に行った。

「兄上。何か御用でございましょうか」

対座してから、栄次郎は切り出す。

「きのう、登城したおり、天野三右衛門どのをお見掛けした。なんだか、元気がないようだった」

「元気が？」

とっさに閃《ひらめ》いたのは、三右衛門は長子京十郎の所業に気づいているのではないかということだった。

もちろん、まだ辻斬りが京十郎だと決まったわけではない。だからすぐ、話を飛躍し過ぎていると自分でも反省した。

「それとなく、周囲の者にきいたら、最近ときたまため息をついたり、塞《ふさ》ぎ込んでいるという」

「………」

「そなたから聞いた話があるせいか、気になった。三右衛門どのはひょっとして、息子のことでなにやら悩みがあるのではないか」

そう言い、兄は鋭い目を栄次郎にくれた。

「栄次郎」

「はい」

兄の口調が変わり、栄次郎は覚えず居住まいを正した。

「そなたが、わしに天野兄弟のことを訊ねたのには深いわけがあるのではないか。酒の席でのことを、わざわざきいてきた。裏に何かあったのであろう。どうだ、栄次郎」

栄次郎はそこまで見透かされているとは思いもしなかった。

「兄上。そのとおりでございます」

「きこう」

「はい」

栄次郎が事情を話そうとしたとき、

「ふたりとも、朝餉の支度が出来ました。早よう、お食べなされ」

母が呼びに来たので、栄次郎はびっくりした。

そう言えば、さっき女中が声をかけていたことに気づいた。兄との話に夢中になっていて、女中の声が聞こえなかったのだ。

「すぐに行きます」

兄は答えてから、

「手短に事情を」

と、急《せ》かした。

「兄上は、今辻斬りが出没していることをご存じですか」

「うむ。聞いている。すでに四人ほど、犠牲になっているとのことだが」

「一度だけ、私は辻斬りらしき侍を見かけました。宗十郎頭巾の侍です。その背格好が天野京十郎どのに似ております」

「なんと」

「それで昨夜、新八さんといっしょに天野家を見張りましたところ、夜五つ（午後八時）過ぎ、京十郎どのが出て来たのであとをつけました。ただ、浜町堀のほうをぶらついただけで帰って来ました」

また、廊下に足音が聞こえた。母上に違いない。

「よし、あいわかった。行こう」

兄は立ち上がった。

その夜、栄次郎は昨夜と同じ場所で、旗本天野家の長屋門を見張った。

「もう出て来てもいい頃ですが」

五つ（午後八時）になろうとしている。新八は緊張した声を出した。

それからしばらくして、潜り戸が開いた。

京十郎が出て来た。今宵も、昨夜と同じ神田橋御門の前を通り、鎌倉河岸に向かった。だが、今度は竜閑橋を渡った。

そのまま濠沿いを足早に行く。一石橋にさしかかったところで、迷ったように立ち止まった。

「また、道を迷っているのでしょうか」

新八が訝しげに言う。

結局、橋を渡らず、日本橋川沿いに折れた。だが、暗がりの道に入り、いきなり路地に消えた。

「しまった」

新八はいきなり駆けだした。

栄次郎も追った。京十郎が逃げ込んだ路地に入る。しかし、京十郎の姿はなかった。二手に分かれて、探した。長屋の路に入ってみる。桶が転がっていた。京十郎が逃げる際に蹴飛ばしたものか、その判断はつかない。だが、長屋の路地を突き抜け、裏手から逃げたのに違いない。

大通りに出たところで、新八に出会った。

「だめです」

新八はいまいましげに言う。

「最初から、我らをこっちまで誘い込んで、撒《ま》くつもりだったのでしょう」

栄次郎も口惜しかったが、すぐ気を取り直して、

「京十郎がどこへ向かうか」

と、思案を巡らせた。

「とりあえず、江戸橋のほうに行ってみましょう」

考えている間はない。栄次郎と新八は魚河岸から末広河岸へと日本橋川沿いを辿った。

川に常に注意を払ったのは、船着場に不審な小舟が留まっていないかを確かめるた

めだった。辻斬りは小舟で逃げるのだ。

末広河岸を過ぎ、小網町の鎧《よろい》河岸に差しかかった。

「怪しい舟はありませんね」

新八が川に目をやりながら言った。

「あのまま、舟に乗り込んで去ったとは思えませんが」

栄次郎は少し焦りを覚えた。

尾行に気づいたとなれば、今夜は辻斬りを働かないだろう。そう思ったが、安心は出来なかった。

京十郎は最初から尾行に気づいていたとしたら、わざと目的地と違う場所に我々を誘い込んだのかもしれない。

そう思ったとき、栄次郎はあっと叫んだ。

「新八さん。浜町堀に行ってみましょう」

「浜町堀ですかえ」

「ええ、昨夜の動きも気になります」

「わかりました。急ぎましょう」

新八も急にあわてだした。

すぐに浜町堀に向かった。

へっつい河岸と呼ばれる浜町堀からの入堀沿いを行き、浜町堀に出た。すると、高砂橋の辺りに提燈の灯が揺れ、幾つかのひと影が固まっていた。

「栄次郎さん、まさか」

「行ってみましょう」

栄次郎と新八は駆けつけた。

自身番の者や岡っ引きの手下が倒れている男のそばに立っていた。

「袈裟懸けに一太刀だ」

死体を見て、栄次郎は呆然と呟いた。

ようやく、同心と岡っ引きが駆けつけて来た。磯平《いそへい》という岡っ引きだった。

第二章　疑　惑

一

翌日、栄次郎は加賀前田家の上屋敷脇の坂を上がり、湯島切通しを下って下谷広小路にやって来た。

足袋問屋の『水戸屋』は漆喰《しっくい》土蔵造りの大きな店だ。足の形をした看板が屋根の上に飾られている。

栄次郎は店先《たなさき》にいた手代ふうの男に、

「矢内栄次郎と申す者だが、若旦那の朔太郎さんに会いたいのだが」

と、頼んだ。

「矢内さまですか。少々お待ちください」

手代は奥に引っ込んだ。

しばらくして、羽織姿の痩せて長身の男が出て来た。朔太郎だ。色白で、鼻が高い。唇は薄くてやけに赤い。

「おまえさんは……」

朔太郎は気弱そうな目を向けた。

「先日は失礼しました」

栄次郎はわだかまりのない挨拶をする。

「ちょっと、お話があるのですが」

「別に、話などありませんよ」

酒が入っていないと、まるで別人のようだった。

「天野京十郎どののことです」

「天野さまの……」

朔太郎は戸惑い顔になった。

が、すぐ腹が決まったように、

「不忍池《しのばずのいけ》の弁財天の境内で待っていてもらえませんか。すぐに行きますから」

「わかりました」

素直に頷き、栄次郎は下谷広小路を三橋《みはし》のほうに向かった。朔太郎も、天野のことに関する用件の内容に気づいたのかもしれない。

三橋を渡り、不忍池のほうの道を行く。

町家が切れると、池が目の前に開け、池の真ん中に向かった弁財天の細長い参道が見えた。

栄次郎は、鳥居をくぐった。

たくさんの善男善女が本堂に向かい、参拝を終えて引き上げてくる者たちとでごった返していた。

栄次郎はひと気のない場所に立ち、鳥居に目をやった。

着物の裾を翻し、小走りに鳥居をくぐってきた男がいた。朔太郎だ。

栄次郎は朔太郎の前に出た。

朔太郎は近づいて来た。

「あちらへ」

朔太郎は池の辺《ほとり》に向かった。栄次郎もついて行く。

「天野さまに何か」

朔太郎が振り向いてきいた。

やはり、朔太郎も天野京十郎のことで何か気にかかることがあるのだと思った。

「その前に、京十郎どのとはどういうつきあいか、まず教えていただきたい」

栄次郎は切り出した。

「うちは天野家に出入りをしているんですよ」

天野家は家人や奉公人の足袋を、『水戸屋』で調達しているのだろう。

「京十郎どのとは?」

「お屋敷に出入りをしていて、親しくさせていただくようになりました」

朔太郎は酒が入っていないと、まっとうな商人だ。あるいは、酒が入り、天野京十郎の後ろだてがあると急に強気になるのか。

「京十郎どのはどのような御方ですか」

「世の中を斜に構えているところがありましたよ。弟の京五郎さまの評判のほうが高いので、すねていたんじゃないかと思います」

朔太郎がすらすら答えてくれることを意外に思いながら、栄次郎はきいた。

「京十郎どのと京五郎どのは仲がよいのか」

「はい。それが不思議なことに、仲がよろしゅうございますよ。不思議な兄弟だと思ったくらいですから。最近では私と会うとき、必ず京五郎さんを誘って来ます」

「三人で会うことが多いのですね」

「そうです」

「京十郎どのの知り合いに船頭はいますか」

「さあ、そこまでは……」

朔太郎は首を横に振った。

朔太郎が京十郎の辻斬りに手を貸しているとは思えない。

「矢内さま」

朔太郎が厳しい顔を向けた。

参道はひっきりなしに参詣人でごった返しているが、この周囲にはひとはまったくいなかった。

「何か」

「矢内さまは、どういうわけで天野さまのことを調べておいでなのですか」

「………」

栄次郎はどう説明すべきか迷った。

しかし、ここにいたっては隠し立てすべきではないと思った。京十郎自身、尾行に気づいている。疑われていることは重々承知なのだ。

「じつは、今巷《ちまた》を震撼させている辻斬りの件で、天野京十郎どのを調べている」

栄次郎ははっきり言った。

このことを、朔太郎が京十郎に伝えたとしても構わない。すでに京十郎は疑われていることを知っているからだ。

「どうして、そう思われるのですか」

朔太郎は真剣な眼差しになった。

「多吉さんの件ですよ」

「多吉の？」

「多吉さんが辻斬りに遭った夜、私がたまたま昌平橋の近くに差しかかったとき、宗十郎頭巾の侍を見かけたのです。その姿が、先日料理屋で会った京十郎どのに似ていたのです。多吉が、なぜわざわざ聖堂の裏手に足を向けたのか、その理由もわかりませんでしたが、京十郎どのが誘えばついて行くでしょう」

「…………」

「これまで五人の犠牲者が出ましたが、多吉さんの場合だけ違うんです。はなから、多吉さんを標的にしたとしか思えないのです。多吉さんと関係しているとしたら、おけいさん絡みで……」

「待ってください」

朔太郎はあわてて口をはさんだ。

「確かに、京十郎さんはおけいさんをくどいてました。この前みたいに、他の座敷に行って戻って来なければ強引に呼び戻すようなことをしていました。でも……」

「でも？」

「許嫁を殺してまで、自分のものにしようなんて」

「いや。適当な獲物が見つからなかったということも考えられる。そこに、多吉を見かけ、言葉巧みに誘《おび》き出したとも考えられる」

朔太郎は目を剝いたが、何も言わず、目を下に落とした。

「どうしました？」

栄次郎は訝しく思ってきいた。

「いえ……」

「何か知っていますね」

栄次郎が言うと、はっとしたように、朔太郎は顔を上げた。それから、逃げるように池に向かった。

「何かご存じなら教えてください。これ以上、辻斬りの犠牲者を出したくないのです」

　朔太郎の背中に声をかけた。

　しばらく、朔太郎は身動《みじろ》ぎもせずに池を見つめていた。水音がして、蓮の葉の間から鴨が顔を出した。

「先月のはじめ」

　ぽつりと、朔太郎が口を開いた。

「日本橋の料理屋で寄合があった帰り、筋違橋に駕籠で差しかかったとき、橋の袂に天野京十郎さまが立っているのを見かけたのです。何をしているのかわかりませんでした。その翌日、和泉橋の近くで辻斬りが出たことを知りました。でも、京十郎さまと辻斬りは結びつきませんでした」

　朔太郎は池を向いたまま続けた。

「多吉が斬られたときも、まさかと思いました。ところが、鎌倉河岸で辻斬りが出たときのことです。あの夜、また寄合の帰りでした。またも、神田鍛冶町の通りを横切って行った京十郎さまを見たのです。そしたら、その翌日、鎌倉河岸でひとが……」

　朔太郎は大きくため息をついた。

「それだけじゃありません。三日前のことです。私は商売のことで、天野家のお屋敷に伺いました。その帰りがけ、京十郎さまと弟の京五郎さまがなにやら言い合いをしているようでした。私には、京五郎さまが兄の京十郎さまを問いつめているように思えました。そのときから、私は疑いが……」

朔太郎は表情を曇らせた。

「よく話していただけました。ただ、京十郎どののことは確たる証拠があるわけではないので口外しないようにしていただけますか」

「はい。誰にも言えるものでありません」

朔太郎は怯えたように言った。

その日の夜遅く、栄次郎は兄の部屋に呼ばれた。

さっきまで、新八が来ていた。栄次郎のところにではない。御徒目付の手先として、兄に呼ばれたのだ。

新八からすべての報告を受けてのことだ。

兄は難しい顔で切り出した。

「昨夜、また辻斬りが出たそうだな」

「はい。これで五人目です」

「新八の話では、昨夜、天野京十郎に尾行を撒かれたあとに、辻斬りが起こったようだな」

「迂闊でございました」

「これ以上の犯行を許すことは出来ぬ。俺も、例のことを知った以上、これ以上看過出来ぬ」

「はい」

「俺の調べでも、夜な夜な京十郎は屋敷を抜け出ているようだ」

おそらく、屋敷の付近にある辻番所の番人に確かめたのであろう。だからといって、それが即辻斬りと結びつくわけではないが、疑惑を深めたことは間違いない。

「もはや、猶予は出来ぬゆえ、きょう、御頭に報告するつもりだ。御徒目付として天野京十郎を本格的に調べることになるだろう。しばらく、奉行所には天野京十郎のことは内密にしてもらいたい」

「わかりました。ただ、奉行所のほうでも、仲間に船頭らしき男がいるということで、その線を調べているようです」

「そうか」

兄は苦しそうな顔をした。

「兄上。どうか、なさったのですか」

「うむ。天野三右衛門どのはとにかく生真面目な御方だそうだ。公務も熱心であり、周囲の信頼も厚い。三年前に奥方をなくしたあとは後添いももらわず、息子たちの成長を楽しみに御用一筋でやってこられた。それを思うと、胸が痛む」

兄は我がことのように嘆いた。

兄はやさしいひとなのだ。やはり、矢内の父と血のつながった子だと思った。だが、そのやさしさが裏目に出ないか、心配になった。

「兄上」

栄次郎は声をかけた。が、兄のやることだ。何も案じることはない。そう思った。

そもそもは兄に手柄を立てさせたくて辻斬り事件に首を突っ込んだのだ。ところが、困った事態になった。天野三右衛門が悪評高い人間だったら救いがあったが、逆なのだ。

そのことが兄を悩ませているのだと、栄次郎は思った。

「だいぶ冷えてきたな」

夜も更けて、寒くなって来た。

「兄上、私に出来ることがあればなんなりと仰ってください」

「栄次郎。心配いたすな」

兄は微かに笑みを浮かべ、

「さあ、そろそろ寝るとするか」

と、腰を浮かせた。

まだ不安は去らなかったが、栄次郎も立ち上がった。

自分の部屋に戻っても、栄次郎は辻斬りのことが頭から離れなかった。

わずかの期間で、五人の者が犠牲になっているのだ。いったい、何がこのような凶行に駆り立てたのであろうか。

ふとんに入っても、栄次郎は兄のことを考えていた。

兄は天野三右衛門に同情的だ。もし、京十郎が辻斬りだったとしたら、三右衛門の責任も免れないだろう。

天野家はお取り潰しにならざるを得ない。

その心痛に、兄は苦しんでいるのだ。兄の苦痛が栄次郎にも伝わってくるようだ。

辻斬りが京十郎ではないことを祈らざるを得なかった。

翌日の朝、朝餉のあとに、栄次郎は母に仏間に呼ばれた。

今朝、兄は早々と外出した。天野京十郎のことで、御徒目付組頭の屋敷に行ったのかもしれない。

仏間に入ると、母は仏壇に向かって合掌していた。

栄次郎は近くに控えていた。母の呼出しの理由に予想がついた。おそらく、毎晩帰りが遅いことの説教であろう。

ようやく、母が仏壇から離れた。

代わって、栄次郎は仏壇の前に座り、手を合わせた。父の位牌と、兄嫁の位牌が並んでいる。

一礼してから仏壇から離れ、母と対座した。凛《りん》とした姿の母は威厳がある。決して、弱音など吐いたことはない。母のどこに、そのような強さがあるのか。栄次郎はただ、驚くしかない。

「栄次郎。最近、帰りが遅いようですね」

母が、やはりそのことを言った。

「はあ、ちょっと……」

まさか、辻斬りを追っているとは言えなかった。

「危ない真似をなさってはおりますまいね」

「いえ、決して」

「そうですか。それなら、よいのですが」

母はそれ以上、追及しなかった。

栄次郎がほっと胸を撫で下ろしたとき、

「栄次郎」

と、母の鋭い声が飛んで来た。

「はっ」

覚えず、居住まいを正さざるを得ないような威厳があった。

「栄之進に何かありましたか」

「えっ？　どうしてでございますか」

栄次郎は驚いてきき返した。

「今朝、深刻な顔で出かけました。栄之進のあのような表情は何か困ったことがある証拠。いったい、何があったのでしょうか」

「お役目のことでございましょう」

「まことでございましょうな」

「はい。母上は何にご懸念を？」

栄次郎は訝しくきき返した。

「栄之進から何か相談を受けましたか」

「いえ」

栄次郎は身を乗り出し、

「母上。いったい、どういうことでございますか」

と、きいた。

「小夜《さよ》どののことが気に入らぬのかと」

「小夜どのと仰るのは？」

栄次郎は覚えず素っ頓狂な声を出した。

「見合いというほどの大袈裟なものではありませんが、栄之進が非番の折り、石川右《いしかわう》近《こん》どのが娘の小夜どのとお見えになりました。石川どのをご存じでしょう。亡き父上が懇意になさっていた御方ですよ」

「ええ、覚えております」

父は一橋《ひとつばし》卿の近習番を務めていたが、同時期に同じ近習番を務めていたのが石川右近だった。

一橋家は将軍家の親戚であり、藩ではないので家来はいない。幕臣が出向の形で仕えることになっていた。

「近くまで来たので、お寄りになってくだすったのです。小夜どのといっしょに。たまたま、栄之進が非番なのでお相手を」

「ちっとも知りませんでした」

最近、毎日朝の四つ（午前十時）ごろには出かけていたので、栄次郎はまったく知らないことだった。

たまたま、近くまで来たから寄ったというが、母と石川右近が示し合わせたことに違いない。

それにしても、兄はそのようなことは何も言っていなかった。まだ、再婚する意志がないと言っており、母の持って来る見合い話を断るように栄次郎にも協力を求めてきた。

そんな兄が、小夜のことを黙っていた理由は何か。

「あのあと、栄之進も石川右近どののお屋敷に遊びに行ったりしたのです。でも、栄之進には小夜どののことが負担になっているのでしょうか」

珍しく、母が気弱そうにきいた。

「兄上の気持ちを聞いたことはありませんが、決してそんなことはないと思います」

兄は小夜どのが気に入ったのだと、栄次郎は思った。もし、興味がないのなら、兄は小夜どののことを栄次郎に話し、母上にそれとなく断るように頼んで来たはずだ。

兄は小夜どののことを気に入ったのだ。それは喜ばしいことであった。深川の岡場所のおぎんという女のところに通うのが楽しみだった兄だが、いつまでも独り身というわけにはいかない。矢内家のためにも、世継ぎを設けなければならないのだ。

「すると、小夜どののことを満更ではないと思っているのですね」

「そうだと思います」

「それを聞いて安堵いたしました」

母は表情を緩めた。が、すぐに母は真顔になって、

「ときに、栄次郎のことですが」

と、矛先がこっちに向いたので、栄次郎はあわてて言った。

「母上。確かなところを兄上にそれとなく確かめてみます。それでは、私はそろそろ出かけなければなりませんので」

栄次郎は母の様子を窺った。

「わかりました。栄次郎のことは、またあとのことにしましょう」

「はい」

栄次郎は立ち上がった。

部屋に戻ってから、濡縁に出た。青空が広がっているが、風は冷たい。澄んだ青空を見上げたとき、西の空に、雲を見つけた。昨日から心の中でくすぶっているものがまたも気になりだした。

何か違っている。そんな気がしているのだ。だが、それが何かわからない。栄次郎は腕組みしたまま、ゆっくり近づいて来る雲を見ていた。

二

その日の午後、お秋の家の二階にいた。

鳥越の師匠の家からここにやって来たのだが、きょうの稽古はさんざんだった。ふとしたときに、天野京十郎のことが脳裏を掠《かす》め、そのたびに糸を弾く撥《ばち》が乱れた。

稽古に身が入っていないことを見透かされ、師匠の叱責とともに稽古は即中止。すごすごと、師匠の家を出て来た。

ここに来てから、気を引き締め直して三味線の稽古に励んだが、すぐに兄のことや天野京十郎のことが頭に浮かんで来て、音を乱れさせた。

そして、さっきは逢引きの客が奥の部屋に入ったので、思い切って三味線を弾くことは適わなくなった。

栄次郎は三味線を置いて、窓辺に寄った。風が出て来たのか、大川の波が高い。対岸の渡し場から出た船が少し上下に揺れているようだ。

お秋は奥の部屋を逢引きの男女に貸している。小遣い銭になり、お秋はなかなか抜け目なかった。

客が入れば、三味線の稽古は中止せざるを得ない。その点が困るのだが、ただでこの部屋を提供してもらっているのだから何も言えない。

朝、あれだけ澄み渡っていたが、今はだいぶ雲が増えて来た。

またも、昨日からのもやもやしたものが頭の中に広がって来た。いまだに、その正体が摑めない。

辻斬りの件に間違いない。兄のことだろうか。兄は天野三右衛門に同情的だった。そんな兄に何かしらの危惧を覚えていることは事実だ。

だが、そのことではない。正体のわからぬ不安だ。

何か大きな間違いをしているのではないか。栄次郎は落ち着かない気分になった。

栄次郎は立ち上がり、刀を持って部屋を出た。

梯子段を下りると、お秋が居間から飛び出して来て、

「栄次郎さん。お帰りですか」

と、不満そうな顔をした。

「いえ、ちょっと外の空気を浴びて来るだけです」

栄次郎は外に飛び出した。

足を向けたのは大川縁である。川っぷちに立った。さっき対岸を出た渡し船がこっちの岸にだいぶ近づいていた。

波は高い。何か大きな間違いをしているような不安。その不安が正しいとすれば……。

天野京十郎・京五郎兄弟を思い浮かべた。優れた弟に引け目を持っている兄。周囲からは、弟に天野家を継がすべきだという声が聞こえてきて、京十郎は自棄気味になっている。そんな印象だった。

そのいらだちの捌け口が辻斬りという行為だったと考えた。だが、京十郎を疑ったのは、それだけではない。

京十郎は辻斬りのあった場所を徘徊していたのだ。そのことは、栄次郎と新八が尾行していたのだから間違いない。

しかし……。七百石の旗本天野家の跡継ぎである京十郎が、弟への引け目から自棄になったとはいえ、辻斬りなど犯すだろうか。

御家のことを考えたら、そんな真似は出来ないはずだ。

では、夜出歩いていたことを、どう考えるのか。京十郎は夜、町を彷徨《さまよ》い歩いていたのだ。

しかし、最初の尾行は気づかれていなかったはずだ。だが、その夜は浜町堀を通ってそのまま帰っただけだ。

二度目の昨夜は尾行に気づかれて撒《ま》かれた。そのあとで、辻斬りを実行している。

そうだ、そのことに違和感を持ったのだ。

尾行に気づいていないときには辻斬りをせず、気づかれているのを承知で実行する。

妙だ。それに、船はどうなっているのだ。もう、船を使わないのか。

ひょっとして……。

栄次郎は大きく吸い込んだ息を静かに吐いた。

そのとき、背後から、

「栄次郎さん」

と、声をかけられた。

振り返ると、新八だった。

「お秋さんのところに行ったら、ちょっと出ているって言うので、ここだと思いました」

栄次郎の横に並んで、新八が言った。

「どうしましたか。後ろ姿が何か悩んでいるように思えましたが?」

「新八さん。ちょっと気になることがあるんです。辻斬りが天野京十郎だとしたら、腑に落ちない点があるんです」

栄次郎はさっき自分が感じたことを話した。

「確かに、そうですね」

新八の顔つきも変わった。

「でも、なんのために、あんな行動をとったのでしょうか」

「我々と同じだったのでは?」

「同じ? 辻斬りの探索ですよ」

「でも、どうして?」

「私は、天野京十郎かと思いましたが、辻斬りは弟の京五郎のほうかもしれない」

「なんですって。だって、京五郎は人格的にも優れた人物だという評判ではありませんか。およそ、辻斬りとは縁がないように思えますが？」

　新八は信じかねるようにきいた。

「私が見かけた宗十郎頭巾の男の背格好は京十郎と同じでした。でも、京五郎もまったく同じ体型です。私が見かけた侍が京五郎であっても不自然ではありません」

「…………」

「もちろん、推測でしかなく、証拠などないことですから、迂闊には言えません。ただ。京十郎どのは弟の犯行ではないかと疑いを持った。その証拠を摑もうと、毎晩のように歩き回っていた。そう考えると、京十郎どのの行動が理解出来るのです」

「でも、なぜ、京五郎が？」

「わかりません。京五郎には、何かひとにはわからぬ秘密があったか、あるいは乱心したのか」

「栄之進さまは、きょうは天野三右衛門さまとお会いなさるということでしたが？」

「ええ、いずれにしろ、兄弟のいずれかが辻斬りの可能性があります。思い切って、京五郎に会ってみようと思います。もちろん、白状などしないでしょうが、相手の反応で何かがわかるかもしれません」

　栄次郎は腹を据えて、

「これから、京五郎に会ってきます」

と、言った。

「そういえば、屋敷を見張っている間、京五郎を見かけませんでした。ひょっとして、京五郎は別な場所にいるのでは？」

新八が眉根を寄せた。

「そうですね。『水戸屋』の朔太郎が知っているかもしれません。まず、朔太郎にもう一度会いましょう」

「あっしもお供します」

栄次郎はいったんお秋の家に行き、急用が出来たことを告げ、がっかりしているお秋の恨めしげな目に見送られて、新八といっしょに出かけた。

蔵前橋通りを横断し、新堀を渡り、武家地を抜けて下谷広小路にやって来た。その頃には雲間から覗いた西陽が屋根のすぐ上から斜めに射していた。

土蔵造りの『水戸屋』の前で、ちょうど外出先から帰って来た朔太郎と出会った。

「矢内さま、何か」

朔太郎は不安そうな顔をした。

「天野京五郎どのにお会いしたいのですが、どこに行けば会えますか」

栄次郎はきいた。

「京五郎さまは、神楽坂《かぐらざか》にある松木秀峰《まつきしゆうほう》という医者の家においでです」

「医者の家？」

新八が訊ねた。

「へえ、なんでもお屋敷に出入りをしている町医者です。貧しい者からは金をとらないという医者です」

「神楽坂のどの辺りですか」

栄次郎はきいた。

「牛込御門の近くです。すぐわかります」

「かたじけない」

栄次郎は礼を言い、その場を離れた。

神楽坂のとば口にある松木秀峰という医者の家に辿り着いたときには、もう夜になっていた。

新八が格子戸を開けると、まだ、何人かの患者が待っていた。

助手らしい若い男が出て来た。

「私は矢内栄次郎と申しますが、こちらに天野京五郎どのがおいでと聞き、訪ねて参りました。天野どのはご在宅でございますか」

「天野さまはお出かけになりました」

「どちらへ行かれたのかわかりますか」

「お屋敷です。昼過ぎに使いがやって来て、お屋敷に戻られた」

若い男は困惑ぎみに答えた。

「屋敷にはよくお帰りに？」

「少々、お待ちください」

若い男は隣りの部屋に向かった。

しばらくして、十徳《じっとく》姿の大柄な中年の男が出て来た。色白の鷲鼻の顔で、姿勢がよく気品が漂っている。

元は武士だったのだろうと、栄次郎は思った。

「天野さまのことで何か」

「私は矢内栄次郎と申します。京五郎どのがこちらに厄介になっているとお聞きし、訪ねて来たのですが、お屋敷に帰ったとのこと」

「さようです」

「お屋敷にはよくお帰りになるのでしょうか」

「ここひと月ばかりは、ここにお泊まりのこともありますが、お屋敷に帰ることもしばしばあります」

「そうですか。わかりました」

栄次郎は礼を言ったあとで、

「天野どのは、どこか具合が？」

「ええ、ほとんどよいのですが」

松木秀峰は一瞬、暗い表情になった。

「天野どのは、二日前の夜、外出なさいましたか」

「いったいどういうつもりでお訊ねに？」

松木秀峰は怪訝そうな顔をした。

「いえ、ある料理屋でお見掛けしたのです。そのとき、挨拶をしそびれました。それで、改めてご挨拶をと」

栄次郎は苦しい言い訳をした。

「確かに、二日前の夜は出かけました」

「夜、外出することはよくあるのですか」

「さあ、いつも見ているわけではありませんので、わかりかねます。患者さんを待たせておりますので、これで」

松木秀峰は腰を浮かせた。

「これは失礼いたしました」

栄次郎と新八は松木秀峰の家を辞去した。

三

翌日、栄次郎は岡っ引きの伊平を探して神田佐久間町の自身番に顔を出した。そこで、伊平の居場所をきくと、伊平は深川に行っているという。

夕方には、この自身番に顔を出すはずだというので、栄次郎は出直すことにした。

「栄次郎さん。あっしは神楽坂周辺で、天野京五郎の評判を聞いて来ます」

天野京五郎は昨夜、屋敷に帰った。当然、泊まったはずだから、まだ、神楽坂には戻って来ないはずだ。

「私は夕方までお秋さんの家にいて、七つ（午後四時）頃に、もう一度ここに来ます」

「わかりやした。じゃあ、あっしもその頃に、ここに来てみます」

そう言い、新八は裾をつまんで急ぎ足で去って行った。

栄次郎は武家地を抜けて三味線堀を通って、きょうは稽古日ではないので鳥越の師匠の家には寄らず、浅草黒船町にやって来た。

「いらっしゃい」

お秋が迎えに出た。

栄次郎は二階のいつもの小部屋に行く。いっしょについて来たお秋が、

「栄次郎さん。最近、危ない真似をしているんじゃないんですか」

と、眉根を寄せてきいた。

「危ない真似？」

「そうですよ。辻斬りですよ」

「誰がそんなことを？　ああ、崎田さまですね」

「ええ」

「だいじょうぶですよ。そんな危ない真似はしていませんから」

「そうですか」

疑い深そうな目を向けた。

「崎田さまは、今夜はいらっしゃいますか」

「いえ、今夜は来ないと思いますよ。辻斬りの件で、奉行所もたいへんなようですから」

崎田孫兵衛がやって来たら、奉行所の探索の様子をききたかったのだが、あいにくきょうは顔を出さないという。

「栄次郎さん。きょうはゆっくりしていってくださいね。今夜は夕飯をいっしょに」

「それが……」

「えっ?」

「じつは、新八さんと約束があるんです」

栄次郎は小さくなって言う。

「まあ、栄次郎さん。ちと、冷たいんじゃありませんか。最近……」

「今度、必ず」

「今度って」

お秋が何か言いかけたとき、

「内儀さん」

と、廊下から声がした。

「なんだえ」

「お客さんです」

「そう」

お秋はため息をついて、

「明日は必ず」

と言い残し、部屋を出て行った。

しばらくして、梯子段を上がって来る足音が重なって聞こえた。客とは逢引きの男女のようだ。

客が入ったのでは、三味線を思い切って弾くことは出来ない。もっとも、客がいなくとも、今の心境では稽古にも身が入りそうもなかった。

どうしても、辻斬りの件が頭から離れない。

あとは御徒目付の兄に任せればいいと思っていながら、栄次郎はこの件から離れることが出来なかった。

七つ（午後四時）になって、栄次郎はお秋の家を出た。

四半刻（三十分）後に、佐久間町の自身番に着いた。玉砂利を踏んで行くと、伊平が振り向いた。

「矢内さま。あっしに用があるそうですが」

伊平は立ち上がってきいた。

「ええ。その後、何かわかったか、おききしたかったんです」

伊平は顔をしかめ、

「いけませんぜ。船頭上がりのごろつきはわんさといますからね。漁師だった男も調べていますが……。なにしろ、怪しいっていえば、誰も彼も怪しく思え、違うと思えば、誰も辻斬りの仲間とは思えねえ」

「そうですか」

その方面からの探索は難しいようだ。

「刀剣屋や研ぎ師のほうはいかがですか」

「おんなじです。切れ味鋭い刀を売ったという店は何軒かありましたが、いずれも身許の確かな武士でした」

その武士の名を聞いたが、天野京五郎の名はなかった。

「研ぎ師も、血を吸った刀を研ぎに来た人間はいませんでした」

伊平は苦い顔で言った。

奉行所の探索は行き詰まっているようだ。

「矢内さまのほうはいかがですか」

今度は伊平がきいた。

「こっちもまだ……」

嘘をつくのは心苦しかったが、栄次郎はそう答えるしかなかった。それでも、気が引けるので、

「もう、これ以上、犠牲者は出したくありません。今夜も、町を歩いてみるつもりです」

と、付け加えた。

「へえ、頼みます。なんしろ、辻斬りの姿を見ているのは矢内さまだけですから」

「わかりました。では」

栄次郎が伊平と別れたあと、新八が近づいて来た。

「奉行所のほうは手掛かりが摑めていないようですね」

自身番に入って行く伊平の背中を見送り、新八は言った。

「ええ、天野京五郎のことを黙っていることが心苦しいですよ」

栄次郎はついため息が出た。

「そうですね。でも、町方では手の出ない相手ですから、仕方ありませんよ」

「で、京五郎は屋敷から帰って来ましたか」

栄次郎はきいた。

新八は神楽坂の松木秀峰の家に様子を窺いに行ったのだ。

「それが、まだ屋敷から戻っていないようです。夜になって、帰るつもりなのか、泊まるのか。どうしますかえ」

「屋敷を見張りましょう」

栄次郎は即座に応じた。


その夜、栄次郎と新八は雉子橋通りの天野三右衛門の屋敷が見通せる場所に来ていた。

屋敷はひっそりとしていた。五つ（午後八時）になろうとしているが、潜り戸が開く気配はなかった。

だが、それから四半刻（三十分）後、潜り戸が開いた。栄次郎と新八は目を凝らした。

出てきたのは中間《ちゅうげん》だった。すぐに走りだした。

しばらくして、また潜り戸が開いた。今度は、と思ったら、若党らしき侍だ。道の左右を見てから、また屋敷内に引っ込んだ。

「何か、あわただしそうですね」

新八が不思議そうに言う。

「ええ。屋敷内で何かあったのでしょうか」

ふと、かなたから提燈の灯が見え、近づいて来る。

「駕籠ですね」

新八が呟く。

駕籠には供の者がついていた。

やがて、駕籠が天野家の屋敷の前で停まった。駕籠から下りた男の姿が提燈の灯に微かに浮かんだ。

「あれは……」

栄次郎は男の顔を見た。

医者の松木秀峰だ。秀峰は屋敷に入って行った。

「誰か急病のようですね」

新八が戸が閉まった屋敷を見つめて言う。駕籠は引き上げて行った。

「いったい、誰が……」

わざわざ、医者を呼んだのは、病人が天野家の人間だからだ。ひょっとしたら、当主の三右衛門が心労から倒れたのではないか。

半刻（一時間）ほどして、潜り戸が開いた。侍に続き、松木秀峰が出て来た。天野家の紋が入った提燈を持って、侍が先に立った。

途中で、駕籠を拾うつもりなのか、松木秀峰は歩いて夜道を引き上げて行った。

「栄次郎さん。忍び込んでみましょうか」

新八が言った。

「そうですね。でも、あとでわかることですから」

栄次郎は新八に危ない真似はさせたくなかった。この屋敷内には京十郎と京五郎がいるのだ。ふたりの剣の腕前は相当なものだ。京十郎も一度目はわからなかったが、二度目には尾行に気づいている。油断のならぬ相手なのだ。

「明日にでも、松木秀峰に聞けばわかることですから」

「そうですね」

「じゃあ、引き上げましょう」

武家地を抜け、神田川を水道橋で渡り、明神下に帰る新八と別れ、栄次郎は本郷の屋敷に帰った。

翌日の朝、夜明けとともに起きて、栄次郎は庭に出た。空気は冷たい。

薪小屋の横にある枝垂れ柳のそばに立つ。栄次郎は深呼吸をし、心気を整えた。

居合腰になって膝を曲げたときには、栄次郎の左手は鯉口を切り、右手は柄にかかっていた。右足を踏み込んで伸び上がるようにして抜刀する。

小枝の寸前で切っ先を止める。さっと刀を引き、頭上で刀をまわして鞘に納めた。

再び、自然体で立つ。柳の葉が風で動くのを見て、居合腰から抜刀する。

約半刻（一時間）、素振りの稽古を続けて行くうちに、額から汗が滴り落ちてくる。

井戸端に行き、汗を拭いてから、濡縁に上がる。

きょうは兄は部屋から出て来ない。最近、天野家のことで心労がたまっているようだ。まだ寝ているのか、それとも何か考え込んでいるのか。

気になり、栄次郎は兄の部屋の前に立った。

「兄上」

「栄次郎か」

「よろしいでしょうか」

「うむ、入れ」

栄次郎が襖を開けると、兄は部屋の真ん中で座っていた。瞑想をしていたのか、何か考えごとをしていたのか。

対座してから、栄次郎は切り出した。

「組頭さまに報告はしたのですか」

「した」

兄は沈んだ表情で続けた。

「巷で辻斬りが多発しているが、天野三右衛門どのの息子に疑いがかかっていると申し上げた。御頭は非常に驚いておられた」

御頭とは、御徒目付組頭のことだ。

「これ以上は、被害者を出したくない。だが、ことがことだけに、慎重にやらねばならない」

「じつは、辻斬りは兄の京十郎どのではなく、弟の京五郎の可能性が出てきました」

「なに、弟が……。しかし、それでも、天野家から辻斬りが出たことには変わりない。これから、三右衛門どのを追い詰めて行くようになるのかと思うと、心が痛む」

兄はやりきれないように言ったあとで、

「だが、辻斬りを許しておくわけにはいかぬ。必ずや、捕まえなければならない」

と、自身を鼓舞するように続けた。

「これまでに辻斬りが出没しているのは四日から五日ごとなのだな」

「はい。その間隔で五人が斬られました」

「すると、そろそろだな」

「はい。きのうは動きがありませんでしたから、今夜あたりがあやしいと思われます。今夜も、私と新八さんとで屋敷を見張るつもりです」

「頼む。これ以上、犠牲者を出したくないし、罪を重ねさせたくない」

「はい」

「それにしても、なぜ京五郎どのが辻斬りに走るようになったのか。才覚に優れた御仁ゆえ、家を継げないことに……」

「京五郎どのは、神楽坂の医師松木秀峰の家に居候をしていました。ひょっとして、京五郎どのはどこか悪いところがあったのかもしれません」

栄次郎は自分の想像を口にした。

「今、天野家のことを、いろいろ調べているところだ。その調べが終わり次第、三右衛門どのから事情をきくようになるかもしれない」

兄は膝をぽんと叩き、

「さあ、母に叱られぬうちに朝餉をいただくとしよう」

と、立ち上がった。

女中の給仕で朝餉をとり終え、兄が登城したあと、栄次郎が出かけようとしたとき、新八がやって来た。

「新八さん。どうしましたか」

栄次郎は新八の強張った顔を見た。この時間に屋敷に駆け込んで来たのは、よくよくのことがあったに違いない。

「栄次郎さん。じつは、ゆうべのことが気になって、今朝早く、天野の屋敷まで様子を見に行って来たんです。そしたら」

新八は息継ぎをし、

「朝から、屋敷にひとの出入りが激しいんで出て来た中間にきいたら、京五郎さまが急の病で亡くなられたと言うのです」

「…………」

「昨夜、医師松木秀峰が駆けつけたのは、京五郎が倒れたからのようです。医者が駆けつけときには、すでに亡くなっていたそうです」

「京五郎が……」

栄次郎は俄かに信じられなかった。

「京五郎が死んだことは間違いないのですね」

「間違いないようです」

「これから、松木秀峰のところに行ってみましょう」

栄次郎はいったん部屋に戻り、刀を摑んで、玄関に向かった。

四

半刻（一時間）後、栄次郎と新八は神楽坂の松木秀峰の家の離れで、秀峰と会った。

朝早くから患者が詰めかけていたが、秀峰は手透きを見つけて離れにやって来た。

「お忙しいところを申し訳ございません」

栄次郎は詫びてから、

「天野京五郎どのがお亡くなりになったと聞きました。まことでございますか」

と、秀峰の渋い顔を見つめた。

「はい。突然の発作により、残念ながら。ゆうべ、私が駆けつけたときにはすでに手遅れの状態でございました」

「原因は?」

「心の臓が弱っておりました。じつは、その治療のためにここに来ておいででした。ただ、まさか、このように早く、お亡くなりになるとは思いもかけぬことで」

「一昨夜、京五郎どのはお屋敷に呼ばれたそうですね」

「はい」

「お屋敷で、何かあったのではありませんか」

秀峰ははっとした顔をしたが、

「何かとは?」

「心の臓のことだけでなく、何か発作が起きるようなことがあったのではありませんか」

栄次郎は秀峰の顔を見つめた。

「そのようなことはありません」

「では、常に発作が起きるかもしれないという危険な体だったのですか」

「私は医者として見立てただけ。細かい事情はわかりませぬ。患者が待っておりますので、これで失礼いたします」

秀峰は腰を浮かせた。

「あっ、もうひとつ。秀峰先生は天野家とはどのような関係なのですか」

「天野の殿さまにはお世話になったのです。私がこうして、ここで開業出来たのも殿さまのおかげでございます。そのこともあって、京五郎さまをお預かりした次第。よろしいですか」

秀峰は一礼して去って行った。

神楽坂を牛込御門のほうに下りながら、何かしっくり来ないと、栄次郎は考え込んでいた。

「新八さん。私は信じられないのです。この時期に、京五郎が死ぬなんて」

栄次郎は呟いた。

「あっしもです」

新八が応じた。

「でも、そうなると……」

新八は声を呑んだ。

「ええ。兄の京十郎が手を下したということも考えられます」

京十郎は浜町堀を中心に町を歩き回っていた。辻斬りを見つけ出すためだったとしか考えられない。

辻斬りの正体が京五郎であることを確信し、天野家を守るために病死に見せかけて殺したのではないか。

松木秀峰は天野家の意を汲んで病死と見立てた可能性もある。

「兄上も辛いことだろう」

兄は、ことの真相を天野三右衛門、および京十郎に問いただすのであろう。兄に鬼の心が宿るだろうか。

「これで、辻斬り騒ぎも終わりでしょうかね」

新八が呟くように言った。

これから先、辻斬りが出なくなるのは喜ばしいが、このままではひとびとは安心出来まい。一時、辻斬りを中断しただけで、またぞろ、辻斬りをはじめるかもしれないと考えるかもしれない。

やはり、このままでは事件解決とはならない。京五郎が辻斬りであったことを明らかにして事件の終焉を告げなければならない。

兄に、そこまでの冷酷さがあるだろうか。そのことがちょっぴり不安だった。

翌日、天野家の門が開き、白い提燈を掲げたふたりの白装束の小者を先頭に、葬列が出て来た。

僧侶の後ろから白木の駕籠がついて行く。天野京五郎の亡骸が入っている。位牌を手にしているのは兄の京十郎だ。

父親の三右衛門は逆縁のために葬列を見送るだけだった。

参列する武士は白の肩衣、小袖、そして刀の柄を白い紙で包み、白柄の代わりとしている。

長い葬列が菩提寺に向かうのを、栄次郎と新八は合掌して見送った。

商人体の男や職人、遊び人ふうの男たちが、向かいの屋敷の塀際に立って、葬列をじっと見送っている。屋敷に何らかの形で関係していた者たちか。

葬列が去ってから、栄次郎と新八は神田明神に向かい、境内にある料理屋『平石』に上がった。

おけいが酒を運んで来た。

「おけいさん。その後、どうだね、元気でやっているかえ」

新八がきいた。

「はい」

おけいは笑みを漂わせた。

おけいの許嫁多吉は辻斬りに斬られて死んだのだが、その辻斬りかもしれない京五郎の死を、おけいは知っているのだろうか。

新八は静かに酒を呑んでいる。栄次郎も黙って盃を口に運ぶ。

京五郎に死なれたことで、すべてが泡と消えたようだ。京五郎が辻斬りだったことを明らかにすることが出来るだろうか。証拠はないのだ。

小舟を操った男を見つけ出すことが出来ればいいのだが、そのとっかかりがない。いったい、京五郎はどこでその男と知り合ったのか。

「なんだか、静かですね」

おけいが訝しげに言った。

「おけいさん。天野京五郎どのが亡くなったのを知っていますか」

栄次郎が口にした。

「えっ、あの京五郎さまがですか」

おけいは息を呑んだ。

「どうしてでございますか」

「お屋敷で発作を起こしたらしい」

「発作?」

おけいは信じられないような顔をした。

「京五郎どのとは何度か会ったことがあるのかえ」

新八はきいた。

「いつぞや助けていただいたときが三度目です。いつも、『水戸屋』の若旦那と京十郎さまといっしょのときでした」

「じゃあ、京五郎どののことはあまり知らないのか」

「はい。ほとんど知りません」

「京十郎どのは、おけいさんにしつこくするのですか」

「ええ、それが……」

おけいは煮え切らなかった。

「どうしました？」

「はい。不思議なんです。京五郎さまがいっしょのときだと、京十郎さまはいつもひとが変わったようになるのです」

「ひょっとして」

「ひょっとしてって、なんですか」

新八が聞きとがめたようにきいた。

「いえ、なんもでありません。おけいさん、お酒をお願い出来ますか」

「はい」

おけいは空になった銚子を持って立ち上がった。

おけいが部屋を出て行ってから、

「京十郎どのは、弟と比較されて自棄になっていると周囲から思われていたそうですね」

と、栄次郎は確かめた。

「そうです」

「ほんとうは、自棄になっている振りを装っていたのかもしれません」

「自棄になっている振りですって」

「ええ」

栄次郎は京十郎の態度がわかるような気がした。

「京十郎どのは、京五郎どのに天野家を継がせたかったのではないでしょうか。でも、京五郎どのは兄を差し置いて自分が跡を継ぐとは思っていない。だから、自分の駄目さぶりを京五郎どのに見せつけて、その気になるように仕向けようとしたのではないでしょうか」

「京五郎どのは兄の心に気づかなかったということですか」

「いや、気づかぬはずはありません。だが、それ以上に、京五郎は己の心に魔性がとりついていることを知っていたのかもしれません」

「血を見なければ収まらないってやつですか」

新八がやりきれないように言った。

「最初の辻斬りの被害者は浪人でしたね。おそらく、最初は辻斬りをするつもりではなかったのではないでしょうか。行き交った浪人と何かの拍子で諍《いさか》いになり、京五郎ははじめてひとを斬ったのかもしれません。そのとき、一刀のもとに斬り捨てた。そのときの腕に感じる手応え、見事な袈裟斬りの快感が忘れられなくなってしまい、数日経つと、そのときの快感を求めて、夜な夜な獲物を求めて町を彷徨うようになったのではないでしょうか」

「十分に考えられますね」

「ええ。でも、もういくらこんなことを考えたって、本人がもういないのです。確かめようもありません」

栄次郎はやりきれなかった。

「そうですね」

「それに、これ以上は私たちの出番はありません。あとの始末は兄上に任せざるを得ません」

おけいが戻って来て、話を打ち切った。

「おけいさんは、今も多吉さんのおっかさんといっしょに暮らしているのですかえ」

新八がおけいにきいた。

「はい」

「えらいもんだぜ」

新八は感嘆して言う。

「いえ、そんなことはありません」

「で、おっかさんの病気はどうなんだね」

「最近、ようやく食欲も出て参りました」

「そうか、そいつはよかった」

新八はほっとしたように言ってから、

「おまえさんほどの器量なら、嫁の貰い手は引く手数多《あまた》だろうに。それを亡くなった許嫁のおっかさんの面倒を見ているなんて、なかなか出来るもんじゃない」

「そうですね。多吉さん、さぞかし喜んでいるでしょうね」

栄次郎もしみじみ言う。

多吉の住む長屋の路地から垣間見たおけいの花嫁姿が脳裏を掠めた。

「多吉さんを殺した辻斬りはまだ捕まらないのでしょうか」

おけいは恨みと悲しみのないまぜになった目つきで、栄次郎と新八を見た。

「辻斬りはきっと今頃、自分が殺した者の霊に怯え、地獄の底でのたうちまわっているはずですぜ。ねえ、栄次郎さん」

「そうです。天罰が下っているはずです」

栄次郎も応じる。

「だと、いいんですが」

おけいは涙を拭った。

「この世に天罰は必ずありますよ。それと逆に、おけいさんのようにやさしい心根のひとには必ずよいことがあるはず」

栄次郎はおけいに言った。

「おけいさん。いつかきっといいことが来る。それを信じて待つのだ」

新八もおけいを励ました。

「ありがとうございます」

おけいは深々と頭を下げた。

翌日から、やっと、栄次郎は三味線の稽古に身が入るようになった。

師走の市村座で、春川瀬戸之丞《はるかわせとのじよう》という役者が『汐汲《しおくみ》』を踊ることになり、その地方を務めることになっている。

栄次郎が三味線を弾き、師匠が唄いはじめた。

勅勘《ちよつかん》を蒙り、須磨《すま》の浦に流された在原行平《ありわらのゆきひら》は、汐汲の女松風《まつかぜ》と村雨《むらさめ》という姉妹と愛し合うようになったが、やがて行平は許されて都へ帰る。だが、迎えを寄越すとの約束もむなしく、行平は都で死ぬ。

松風の霊が行平との恋を語るという舞踊の地方を務めるのである。『汐汲』はすでに上げた曲であるが、今度は栄次郎が立三味線をやることになり、責任は重大であった。そのためにも、改めてお浚いをしている。

須磨の浦かけて村雨と聞しも今朝見れば、松風ばかりや残るらん、秋の須磨の浦

師匠の厳しい稽古を終え、見台の前を離れた。

隣りの部屋では火鉢を囲んでふたりの弟子が待っていた。商家の大旦那と、久しぶりに会う兄弟子の杵屋吉次郎の顔があった。

「吉次郎さん。お久しぶりです」

栄次郎は声をかけ、空いている火鉢の前に座った。

「吉栄さん。今度は立《たて》だ。しっかりな」

吉次郎は微笑んで言う。

「はい。少し、不安です」

「なあに、吉栄さんの撥捌きはたいしたものだ」

吉次郎は褒めた。

これまで、吉次郎が立三味線を、栄次郎は脇三味線を受け持って来た。横一列に並んで地方を務めるが、三味線弾きが何人か並ぶ。その中で、首座を務めるのが立で、その他は脇という。

今度の市村座の舞台に、吉次郎は出られないらしい。

吉次郎は本名を坂本東次郎《さかもととうじろう》といい、栄次郎と同じ武士であった。ただ、旗本の次男坊ということは知っているが、それ以上の詳しいことはまったく知らなかった。というより、あえて俗世の身分など知る必要もないと思っているのだ。

「じゃあ、お先に」

商家の大旦那が吉次郎に挨拶して、師匠の部屋に行った。

しばらくして、師匠の三味線の音が聞こえ、大旦那の唄声が聞こえて来た。

「吉次郎さん。ちょっと、お訊ねしてよろしいですか」

栄次郎は兄弟子に声をかけた。

「なんだね」

「旗本の天野三右衛門の次男の京五郎どのをご存じではありませんか」

「京五郎は、先日、亡くなったそうではないか」

吉次郎は訝しげな顔を向けた。

「はい」

「私は何度か会ったことがある。才知に長《た》けた男で、武芸の心得もあり、嫡男に生まれていたら、たいした出世しただろう。惜しいかな部屋住ではな」

吉次郎も自嘲気味に言った。同じ、部屋住ということで、同情したのだろう。

「京五郎どのは神楽坂の医者の家に居候をしておりました。なぜ、屋敷に住まわず、そんなところに住んでいたのかわかりませんか」

「いや、そのことは知らぬ。なぜ、京五郎のことに興味を持つのだ?」

「ただ、料理屋で一度お目にかかったことがあるものですから」

栄次郎はあいまいな言い訳をした。

「それにしても、三右衛門どのはさぞかし気落ちしていることだろう。お労《いたわ》しいことだ。何年か前に奥方を亡くされ、今度は次男だ。なぜ、あのようなよい人柄の御仁に不幸が訪れるのか、不思議でならぬ」

「三右衛門どのの評判はとてもよろしいようですね」

「うむ。ほんとうに好人物だ」

格子戸が開いて、別の弟子がやって来たので、話は打ち切りになった。

四半刻（三十分）後、栄次郎はお秋の家に着いた。

栄次郎を目ざとく見つけて、お秋が飛んで来た。

「栄次郎さん。お客さんですよ。上で待ってもらっています」

少しつんとした言い方だったので、客が女だとわかった。それも若い女だ。おゆうしか思い浮かばないが、それだったら、お秋はおゆうだと言うだろう。

おゆうは町火消『ほ』組の頭取政五郎《まさごろう》の娘で、やはり杵屋吉右衛門師匠の弟子である。

梯子段を上がって小部屋に入ると、待っていたのはおけいだった。

「おけいさんじゃありませんか」

栄次郎はおけいの前に座った。

「突然、お邪魔して申し訳ありません」

おけいは頭を下げた。

「そんなことは構いませんよ。それより、何かあったのですか」

栄次郎はおけいの強張った表情が気になった。

「じつは、最近、妙なひとが私のことを調べているようなのです」

「妙なひと?」

「はい。小間物屋さんの格好をしているのですが、長屋のひとだけでなく、『平石』の朋輩にまで、なにやら聞き込んでいるらしいのです。私、少し薄気味が悪くて」

「それは、いつごろから?」

「私が気づいたのはきのうの夜なんです。お店からの帰り、ずっとつけられました。それ以前から、私のことを聞き回っている男がいると、長屋のひとからも聞いてはいたんですが、きのうつけられたことを知って薄気味悪くなって……」

「いったい、何者なんでしょうね」

栄次郎は小首を傾げた。

が、気になることがある。天野京五郎は多吉と知って殺したのである。おけいを待っていた場所から、わざわざ聖堂裏に連れて行って斬っている。

なぜ、京五郎が多吉を狙ったのか。これまで、兄の京十郎のために、邪魔な許嫁の多吉を殺したのかもしれないと思っていた。

だが、よくよく考えれば、多吉を殺したところで、おけいが京十郎になびくというものではない。

もっと別の理由があったのかもしれない。

京五郎は死んだが、船を操っていた男はまだ見つかっていない。ひょっとして、その男が……。

「わかりました。私か新八さんが、その男を問いつめてみます」

「よろしくお願いいたします。これで、安心しました」

おけいの顔色がやっとよくなった。

「じゃあ、これで」

おけいは腰を浮かせた。

「もう行くのですか」

「はい。お店に暇をいただいて出て来ましたので、すぐに戻らないと」

「そうですか。じゃあ、送って行きましょう」

「いえ、ひとりでだいじょうぶです」

「いや、もしかしたら、ここに来るのもつけられたかもしれませんよ」

「えっ」

栄次郎は立ち上がって窓辺に行った。

下を覗くと、川っぷちに男がいた。紺の股引きに縦縞の着物を尻端折りし、頭には手拭いを吉原被りにしている。背中には箱。どうやら、煙草売りらしい。

この家の入口を見張っているように思える。

栄次郎は窓から離れた。

「何か」

おけいが不安そうにきいた。

「いえ、だいじょうぶです。さあ、行きましょう」

栄次郎はおけいとともに梯子段を下りた。

お秋が驚いて、

「栄次郎さんもお出かけですか」

と、あわてたような声を出した。

「ちょっと、送って来るだけです」

「お邪魔いたしました」

おけいはお秋にあいさつをした。

栄次郎が外に出ると、さっきの煙草売りの男の姿は消えていた。さては、ただ休んでいただけだったのかと思ったが、栄次郎はまだ油断はしなかった。

蔵前通りを横断し、新堀を越えて、武家地に入る。三味線堀から武家地を抜ける。やはり、つけて来る。

さっきの煙草売りの男だ。

引き返し、あの男を捕まえて問いつめようとしたが、素直に喋らないだろうと思った。

御徒町《おかちまち》から明神下に出た。

「じゃあ、私はここで」

栄次郎は立ち止まって言った。

「ほんとうにありがとうございました」

おけいは何度も頭を下げながら、神田明神境内にある『平石』に向かった。

栄次郎はおけいを見送ってから、改めて背後を振り返った。すでに、煙草売りは姿を消していた。

新八を訪ねて明神下の長屋に行ってみたが、やはり出かけていて留守だった。

再び、栄次郎はお秋の家に戻った。

「まあ、栄次郎さん」

お秋は栄次郎にしがみつかんばかりにして、

「よく、帰って来てくれました」

と、大仰《おおぎょう》にはしゃいだ。

が、二階の小部屋までついてきて、

「いったい、あの娘さんは誰なんですか」

と、眦《まなじり》を決したようにきいた。

「あのひとは、おけいさんと言って料理屋で仲居をしているんです」

「まあ、やっぱし、料理屋の女なのね」

お秋の顔つきが変わった。

「落ち着いて聞いてください」

栄次郎は閉口しながら、

「おけいさんの多吉という許嫁は辻斬りに殺されたんです。その通夜の日、おけいさんは亡くなった多吉の亡骸と並んで祝言を挙げたんですよ」

「祝言を？」

お秋は目を見開いた。

「そうです。今、おけいさんは仲居をしながら、多吉の母親の面倒を見て暮らしているんです。ですから、私と新八さんが応援してやっているんです」

「まあ」

お秋は急に恥じ入るようになって、

「そんな立派な娘さんだったなんて、私どうしましょう」

と、うろたえた。

「最近、妙な男がうろついていると、相談に見えたんです」

「私って、だめだわ。早とちりをして」

そう言い、お秋はため息をついた。

「栄次郎さん、今夜、夕飯は食べて行くでしょう」

「ええ、ごちそうになります」

栄次郎は答えた。

夕方まで、三味線の稽古をした。

はじめての立三味線なので、栄次郎も気合が入った。事件が解決したわけではないが、もう辻斬りが現れることがないと思うと、気が楽だった。

気がつくと、部屋の中は暗くなっていた。お秋が行灯に灯を入れに来た。

「もうじき、支度が出来ますよ」

そう言い残し、お秋は部屋を出て行った。

五

翌朝、兄は部屋の中に閉じこもっていた。

ゆうべは遅かったようだ。だが、今朝はもう起きている。栄次郎は、朝の素振りを終えたあと、兄の部屋に行った。

「兄上。入ってもよろしいですか」

「うむ」

「失礼します」

栄次郎は襖を開けた。

この前と同じように、兄は部屋の真ん中で瞑想をしていた。栄次郎が入ると、兄は目を開けた。

対座してから、

「兄上。天野家のほうは、その後、いかがなりましょうか」

と、栄次郎はきいた。

「うむ。きのう、天野三右衛門どのの屋敷に伺い、京五郎の亡くなったときの様子を聞いた。酒を呑んでいて急に胸を抑えて苦しみだしたという」

兄は続けた。

「医師の松木秀峰も駆けつけたときには京五郎はすでに死んでいたと申した。しかし、下男が焼却した屏風に血がついていたと話していた。そこで、改めて三右衛門を問いただすと、京五郎は血を吐いたという。松木秀峰にもう一度確かめると、改めて血を吐いたと言っていた。心の臓の発作で血を吐くものかどうか。どうも、辻褄の合わぬところがある」

固唾を呑んで、栄次郎は次の言葉を待った。

「僧侶がやって来る前に、三右衛門どのと京十郎どのとで、死者に経帷子《きょうかたびら》を身につけさせていた。どうも、動きがあわただしい。まるで、死者の体を他人の目から避けるようだ。御頭に相談したところ、墓を暴き、京五郎の亡骸を調べてはどうかと申された」

「墓を？」

「そうだ。だが、そこまですべきかどうか……」

兄は苦しそうに顔を歪めた。

もし、墓を暴けば、京五郎が斬殺されたのかどうか、はっきりする。もし、刀傷が見つかった場合にはどうなるのか……。

栄次郎はそのことをきいた。

「天野家はお取り潰しになるかもしれない」

そう言い、兄は深いため息をついた。


兄が出かけたあと、栄次郎はいつものように朝四つ（午前十時）に屋敷を出た。

天野家のことは、もはや栄次郎がとやかく言うことではなかった。兄の裁量、いや、すでに御目付にまで話は行っている。兄ひとりの考えで、ことが収まる状況ではない。

栄次郎は明神下の長屋に寄り、新八とふたりで昌平橋を渡った。

ゆうべ、お秋の家で夕餉を馳走になり、屋敷に帰る途中、新八の家に寄ったのだ。

ちょうど帰って来たばかりの新八に、おけいの話をした。

それで、きのうの夜はふたりでおけいの帰りを待ち、見守りながらこっそりあとをつけた。だが、尾行者はいなかった。

栄次郎と新八はおけいの長屋木戸を見通せる場所に立った。

怪しい男の姿は目に入らなかった。小間物屋や煙草売りに姿を変えていたので、今度は別の姿になっているかもしれないと行き交う男に注意を払ったが、怪しい男を見いだすに至らなかった。

長屋木戸からおけいが出て来た。神田明神境内にある『平石』に向かうのだ。

おけいは栄次郎たちに気づくことなく、小走りに昌平橋を渡って行った。離れてあとをつけたが、おけいを尾行している者はいなかった。

無事、おけいが『平石』に入ったのを見届けてから、

「何事もなかったようですね」

と、新八は言った。

「まだ、油断は出来ませんよ」

栄次郎は応じたが、

「いったい、どういうことだったのか」

と、考えあぐねてため息をついた。

「きのう栄次郎さんが仰ったように、多吉が船を操っていた男と見知った仲で、その口封じのために狙われたのだとしたら、おけいさんも多吉からその男の名を聞いているかもしれません。相手もそう思ったら、おけいさんの身に危害が加えられる恐れもあります」

新八は不安を口にした。

「ええ。ただ、わからないのは、おけいさんのことをきいてまわっているということです。どんな人間とつきあい、どんな性格か……」

「いずれにしろ、また帰りも見張ってみますよ。あっし、ひとりでだいじょうぶです」

「そうですか。もし、怪しい人間が現れたら、こっそりあとをつけて、どこの人間か確かめていただけませんか」

「わかりました。そうします」

栄次郎は新八と別れ、浅草黒船町に向かった。

お秋の家に入ったとき、すぐにお秋が近づいて来た。

「栄次郎さん。朝方、妙な男が栄次郎さんのことをいろいろきいていたようですよ」

お秋が言うと、女中が、

「はい。私が外を掃除していると、小間物屋さんがやって来て、こちらにおられる若いお侍さまはなんというお名前でしょうか、ときいて来たのです。それで、矢内栄次郎さまですと答えてしまいました。すいません」

女中は深々と頭を下げた。

「いや、謝る必要はありませんよ。で、他に何かきいていましたか」

「きのう来た若い娘はよく来るのかと」

おけいのことだ。

「はじめてですと答えたら、矢内さんとどういう関係かときいて来たので、だんだん薄気味悪くなって、内儀さんを呼んで来ますと言って家の中に入ってしまいました」

「私が外に出てみたら、もうその男はいませんでした」

女中の話を、お秋が引き取った。

「いったい、なんでしょうねえ」

お秋が眉根を寄せて言う。

「さあ」

と、栄次郎も小首を傾げたが、きのうの男に違いないと思った。

いったい、おけいの何を調べているのだろうか。

翌日の夜、栄次郎は薬研堀の元柳橋の袂にある『久もと』の座敷に上がった。

きょうは岩井文兵衛に招かれたのだ。

文兵衛は馴染みの芸者の酌を受けながら、酒を呑んでいた。

文兵衛は眉が濃くて鼻梁が高い。五十前後だが、若々しく、それでいて年輪を重ねた男の渋みが滲み出ている。そこはかとなく漂わせる男の色気のようなものに、栄次郎は憧れを持っていた。

「春蝶《しゅんちょう》はいかがしているのかな」

文兵衛が思い出したようにきいた。

「はい。今、吉原で引っ張りだこのようです」

新内《しんない》語りの春蝶は、破門が解けて、今は富士松《ふじまつ》春蝶として、吉原で新内を語っている。若い頃から数々の女と浮名《うきな》を流し、その女の数だけの修羅場を切り抜け、辛酸を舐めてきた春蝶の生きざまが新内の声になって、この岩井文兵衛をして、名人と言わしめたほどだった。

「しばらく、春蝶の新内を聞いていないな。だが、忙しいだろうな」

文兵衛は盃を口に運んだ。

「いえ、御前がお呼びだと申せば、喜んで飛んで来ましょう」

「ならば、近々、春蝶の新内をじっくり聞こう。それに、あの都々逸節《どどいつぶし》を聞いてみたい」

都々逸節とは、東海道宮《みや》の宿《しゅく》で唄われている俚謡《りよう》のひとつである。伊勢からの帰り、宴席から聞こえて来た都々逸節を覚え、春蝶が独自に節廻しと文句をつけたものである。

「栄次郎どの。さっきから気になっていたのだが、顔色が優れぬようだな。何か、心配ごとでもあるのか」

文兵衛は栄次郎の顔を見つめた。

「その顔は女のことではないな」

「はあ」

「どうされた、何か屈託があるようだが」

文兵衛は盃を置いて、

「私に出来ることがあれば力になろう」

と、真剣な顔になった。

「ありがとうございます。じつは、兄のことで」

「栄之進どのの？　それはお役目のことか」

「はい」

文兵衛は芸者たちに、

「すまぬが、しばらく座を外してもらいたい」

と、声をかけた。

「じゃあ、終わりましたらお呼びください」

芸者が座敷を出て行ってから、

「さあ、栄次郎どの。お話しなされ」

と、催促した。

「わかりました」

栄次郎は居住まいを正して語りはじめた。

「この二カ月ほど前から辻斬りが出没しておりました。私がたまたま見かけた宗十郎頭巾の侍が辻斬りである可能性が高いことになりました。その侍が、旗本天野三右衛門の次男京五郎ではないかと……」

栄次郎はこれまでの経緯を語った。

「なるほど。京五郎の急死は病死ではなく、父と兄が共謀して殺したのだと疑ったというわけか」

「はい。天野家を守るために」

「しかし、栄之進どのも疑っていると？」

「はい。なれど、兄は三右衛門どのにたいへん同情的でして。なろうことなら、このまま目をつぶりたいと考えている様子。でも、上司からは、墓を暴くこともやむなしと言われ、すっかり参っているのです」

「そうか」

文兵衛は腕組みをした。

「兄のやさしさが、兄にとって災いにならなければよいのですが。もし、天野家のためを思い、お目溢《こぼ》しをすれば、御徒目付として兄の立場はなくなるでしょうし、厳格に賞罰をすれば、兄は人間として深く落ち込むことになると思います」

「そうか。これは難しい問題だ。私としても、いかんともし難い」

文兵衛はふっと息をついた。

「すみません。よけいなことをお耳に入れて」

「いや。私も天野三右衛門のことを調べてみよう。栄之進どのがどのような判断をするか。いずれを選んでも、あとのことをしっかり手助けしよう」

「ありがとうございます」

栄次郎はよけいなことを話してしまったことを後悔して、

「御前。しめった話は忘れ、唄でも聞かせてください」

と、空元気《から》を出して言った。

「よし」

文兵衛は大きく手を叩いた。

芸者が賑やかに入って来た。


それから一刻（二時間）後、栄次郎は『久もと』の門前で、駕籠で帰る文兵衛を見送った。

あのあと、文兵衛は栄次郎の三味線で端唄《はうた》を唄い、春蝶から教わった都々逸節を披露した。帰りがけ、文兵衛は言った。

「栄之進どののやることを信じてあげることだ」

兄がどのような措置をしようが、栄次郎はあくまでも兄の考えを尊重しよう。そう思うといくぶん気が楽になった。

駕籠が遠ざかってから、栄次郎も女将に見送られて歩きだした。

五つ半（九時）になろうとする時間だった。月もなく、真っ暗だった。『久もと』の屋号入りの提燈を借りて、栄次郎は元柳橋を渡った。

両国広小路のところどころに提燈の灯が浮かんでいる。屋台でも出ているのだろう。

柳橋通りの途中で新シ橋を渡って、神田川沿いを本郷に向かう。

昌平橋が見えて来て、あの夜のことを思い出した。聖堂のほうからやって来た宗十郎頭巾の侍が昌平橋に向かうのを見たのだ。

が、そのときと同じようにひと影が現れた。侍ではない。町人のようだ。顔はよくわからない。

男は昌平橋を渡った。なんとなく男を見送りながら、栄次郎が歩を進めて行くと、前方から提燈の灯が近づいて来た。

「おや、矢内さまでは？」

「伊平親分ですか。見廻りですか」

伊平の後ろにふたりの手下がついていた。

「ここんとこ、鳴りを潜めていますが、また辻斬りが出ないとも限りませんので」

伊平の返事に、栄次郎は改めて辻斬り事件はいまだ解決していないことに気づいた。

伊平たちは天野京五郎のことを知らないのだ。

「じゃあ、失礼します」

伊平はすれ違って行った。

もう、辻斬りは出ない。そう口まで出かかったが、栄次郎は思い留まった。明日にでも、兄は天野京五郎の墓を暴くことだろう。そうすれば、事件はいっきに解決に向かうはずだ。

それまでの辛抱だ。すまない、伊平親分。心の内で詫びながら、栄次郎は伊平たちを見送った。

悲鳴が聞こえたのは、栄次郎が再び歩きはじめたときだった。

声は柳原の土手のほうからだ。見ると、伊平たちが昌平橋を駆けて行く。栄次郎も走った。

昌平橋を渡ると、柳原の土手のほうに伊平たちは向かった。

栄次郎もあとを追う。

伊平たちが立ち止まった。その場に、栄次郎も駆けつけた。

提燈の灯に、右肩から袈裟懸けに斬られた男が仰向けに倒れていた。

「これは」

栄次郎は覚えず声を発した。

「またぞろ、出やがった」

伊平が言った。

そんなばかな……。栄次郎は目の前の死体を唖然として見つめた。

第三章　辻斬りの正体

一

翌日、朝餉を取り終えて、栄次郎は屋敷を飛び出した。

本郷通りに入り、湯島聖堂から昌平橋を渡った。柳原の土手に、数人が集まっていた。辻斬りの現場に、朝陽が当たっている。

その中に、伊平の顔があった。辺りを見回している。捜し物のようだ。

栄次郎は近づいて行き、

「伊平親分」

と、呼びかけた。

「ああ、矢内さん」

伊平が振り返った。

「何か、捜し物ですか」

「へえ、じつはゆうべ、印籠を拾ったんです。ホトケのそばに落ちていました」

「印籠？」

「漆のはげかかった古い代物《しろもの》です。ひょっとして、辻斬りのものではないかと思いまして ね。念のために、他に何かないか、探しているんです」

「でも、なぜ、印籠が？」

栄次郎は訝しくきいた。

「おそらく、春吉《はるきち》が斬られる前に夢中で辻斬りにしがみついていったんじゃないでしょうか。そのとき、腰の印籠に手がかかったんだと思います」

「殺された男は春吉って言うんですか」

「そうなんです。神田岩本町にある金貸し源兵衛《げんべえ》の奉公人です。借金の取り立てに行った春吉が一晩経っても帰って来ないので、今朝、源兵衛は春吉が金を持ち逃げしたんじゃないかと自身番に訴えたら、辻斬りのことを知らされ、あわてて奉行所までホトケを確かめに行ったってわけです」

「取り立てに行った帰りだとすると金を持っていたのですね。で、金は？」

「五両。無事でした」

一連の辻斬りも金には手をつけていない。

「船のほうはどうでした?」

「船で逃げたのではないようです。あの悲鳴のあと、川を見ましたが、船は見えませんでした。念のために、上流と下流に手下を走らせましたが、船は一艘も通っておりませんでした」

「よく、そこまで気がまわりましたね」

悲鳴を聞いたあと、川に注意を向けたのはさすがだと、栄次郎は言った。

「いや、まあ」

伊平は胸をそらした。

船を使わなかったからと言って、一連の辻斬りの侍とは違うとは言えないが、栄次郎はそのことが気になった。

それ以上に、印籠だ。辻斬りが落としたものだろうか。これまで、完璧にこなして来た辻斬りがそんな失敗をするだろうか。

一刀のもとに息の根を止めている凄腕の体に、春吉の手が及ぶこと自体が考えられない。それとも、誤って腰から抜けてしまったのか。

いずれにしろ、一連の辻斬りと同一人物の仕業かどうか疑わしい。もっとも、そう思うのは、天野京五郎が下手人だと思い込んでいるせいもあるが……。

伊平の手下が近づいて来た。

「親分」

「なんだ？」

「ゆうべ、辻斬りらしい侍を見たって職人がやって来ました」

「なに？　よし」

向こうに、印半纏を着た若い男が待っていた。

栄次郎も伊平のあとについて行った。

「おまえさんかえ、辻斬りを見たってのは？」

「へえ、あっしは本郷に住む勘助《かんすけ》って言います。じつは夜鷹《よたか》と遊んでの帰り、筋違御門に近づいたら、突然、悲鳴が聞こえたんです。驚いて立ち止まってしまいまして、すると昌平橋のほうから走って来る足音がしました。暗がりに目を凝らしていると、お侍さんが柳原通りに向かったんです」

職人の勘助は恐々《こわごわ》話した。

「なぜ、きのう届けなかったんだ？」

伊平が問うた。

「顔を見たわけではないし、知らせてもお役に立ちそうもないと思ったんです」

勘助は小さくなって言う。

「その侍は頭巾をかぶっていましたか」

栄次郎が口をはさんだ。

「頭巾ですか。さあ、かぶってなかったように思えますが」

職人は首を傾げて答えた。

逃げる途中で、頭巾を外したのだろうか。

伊平はまだ勘助から何かきいていたが、栄次郎はその場から離れた。

そして、柳原の土手を考えごとをしながら歩いた。袈裟懸けの斬り口は、今までの犠牲者と同じだ。

しかし、一連の辻斬りの正体は天野京五郎だと思っている。京五郎が謎の死を遂げたことも、栄次郎の想像を裏付けているように思えるのだ。

いちおうは病死として届けられているが、実際は三右衛門と兄の京十郎に殺された可能性がある。天野家を守るために、辻斬りを働いている京五郎を抹殺したのだ。

このほうの調べは御徒目付の兄が行っており、ここ一両日中にも、京五郎の墓が暴かれることになっていた。

その矢先の辻斬りだ。天野京五郎への疑いをそらすために、何者かが辻斬りを真似たのだ。そうとしか思えない。つまり、天野三右衛門が仕組んだことではないか。

しかし、栄次郎はすぐに思い止まった。自分の考えはすべて憶測に過ぎない。まず、辻斬りが天野京五郎だったという確たる証拠があるわけではない。京五郎の急死も、ほんとうに病死だったかもしれない。

栄次郎は考えあぐねていた。

背後から、追って来る足音を聞いた。

「栄次郎さん」

その声は新八だった。

栄次郎は立ち止まった。

「新八さん、どうしてここに？」

「あっしも現場の様子を見に来たんです。そしたら、栄次郎さんが土手を行くのが見えました」

新八は横に並んで言う。

「ホトケの身許がわかったそうです。神田岩本町にある金貸し源兵衛の奉公人の春吉だそうです」

栄次郎は伊平から聞いたことを話した。

やはり、新八も印籠が落ちていたことに不審を持った。

「印籠が辻斬りのものだとしたら、妙ですね」

「どこが妙だと思います？」

栄次郎はあえてきいた。

「だって、辻斬りは相当な腕前ですぜ。これが、激闘の末に相手を斬ったというなら落とす可能性もあると思いますが、一刀のもとに斬り捨てているんです。落とすはずないと思うのですが」

「私もそう思います」

「だとしたら、なぜ、印籠が落ちていたんでしょうか」

「そうですね」

栄次郎も思案した。

「辻斬りとはまったく関係ないものか、あるいは辻斬りがわざと落としたか」

「わざとですかえ」

「その印籠は漆が剝げかかっているそうです。持ち主は武士ではなく浪人のほうがふさわしい。つまり、辻斬りは浪人だと思わせるために、わざと落とした……」

「なぜ、そんな真似を？」

「今度の辻斬りは、天野京五郎の犯行を覆い隠すために、天野家が誰かにやらせたものだとしか思えないのです」

「まさか、京十郎が？」

「いや、それは危険が大きすぎます。誰かを雇ったのではないでしょうか」

「そうですね」

「新八さん。天野家に関わる者を調べていただけませんか。天野三右衛門か京十郎のつながりで、腕の立つ浪人がいるか。ことに、京十郎の通っている道場の門弟に金でその役を引き受ける者がいたかどうか」

「わかりました。やってみましょう」

「ただ、わからないことがあるのです。いくら、天野家を守るためとはいえ、なんの罪もない人間を殺したりするでしょうか」

「それだけ、追い詰められていたってことかもしれませんよ。なにしろ、京五郎の墓が暴かれるかもしれないのですからね」

「そうですね」

確かに、天野家を守るために己を捨てなりふり構わずに打って出た奇策とも言える。なにしろ、京五郎の墓が暴かれようとしているのだ。

この新たな辻斬りの出現によって、兄の取調べに影響は出るのだろうか。

「栄次郎さん。じゃあ、あっしはさっそく」

新八は着物の裾をつまんで引き返して行った。天野家の屋敷に向かうのだ。

再びひとりになって思いを辻斬りのことに向けたとき、ふと栄次郎はあることを思い出した。

今回の辻斬りは浪人の可能性もあるが。辻斬りの最初の犠牲者もやはり浪人だった。両者に関わりがあると思ったわけではないが、最初の犠牲者が浪人だったことに注目した。

その後の犠牲者はみな町人だ。最初だけ浪人だ。たまたま、来あわせたのが浪人だったから斬ったのか。

確か、井波重太郎《いなみじゅうたろう》という名だった。神田豊島町に住む井波重太郎が、なぜ左衛門河岸を通ったのか。そのことは不明だった。

当初、伊平親分は個人的恨みからの暗殺の可能性を調べているときに、ふたり目の犠牲者が出たということだ。

それで、辻斬りの仕業ということになったが、はたして、井波重太郎はたまたま辻斬りの犠牲になったのか。

新シ橋までやって来た栄次郎は足の向きを神田豊島町に向けた。

柳原通りに接して豊島町がある。

裏長屋の与右衛門店《よえもんだな》に井波重太郎は住んでいたのだ。栄次郎は与右衛門店の長屋路地を入った。

両隣りの二階建て長屋に挟まれた平屋の長屋だ。屋根と屋根の間から陽光が射している。僅かな日溜まりで、日向ぼっこをしている年寄りがいた。

「こちらに、以前、井波重太郎という浪人が住んでいましたね」

眠たげな目を向け、

「あの浪人は死になさった」

と、年寄りはぼそっと言った。

「井波さんは、何をしていたのですか」

「さあ、よくわからねえ。ただ、小金《こがね》には不自由していないようだった。いつもこざっぱりした格好をしていたよ」

「ほう。いったい、何をやって稼いでいたんでしょうね」

「お侍さんみたいにいい男だったから、ひょっとしたら女から貢いでもらっていたのかもしれねえな」

年寄りは欠けた歯を見せて笑った。

「そんな様子はあったんですか」

「いや、わしの勘だ。だが、あれは、どこかの女の間夫《まぶ》ですぜ」

「そのことは、岡っ引きの伊平親分もご存じなのですね」

「さんざん、調べていきなすったけど、結局、女のことまではわからなかったんじゃないですかえ」

「井波さんは、ひとから恨まれるようなことは?」

「さあ、長屋の連中には人当たりはよかったけど……」

「井波さんと親しかったひとはどなたですか」

「隣り同士だから、このわしだろう」

「そうですか」

やはり、伊平に訊ねたほうがいいかもしれない。栄次郎は、最後にきいた。

「井波さんのところに、誰か訪ねて来ましたか」

「そうだな。三十前の目つきの悪い男が何度かやって来たようだ」

「どこの誰かはわかりませんよね」

「わからねえ」

「そうですか。邪魔をしました」

栄次郎は年寄りに礼を言って引き上げた。

それから、お秋の家に行って、夕方まで三味線の稽古をした。


翌日の朝、朝餉のあと、栄次郎は兄の部屋に呼ばれた。

昨夜、兄の帰宅は遅かった。一昨夜の辻斬りの件で、対応に追われていたのだろう。用向きに想像がついたが、栄次郎は気づかぬ振りをして、兄と対座した。

「兄上、何か」

口を真一文字に結んだまま、なかなか切り出そうとしない厳しい顔の兄に、栄次郎は声をかけた。

「うむ」

と、兄は難しい顔で頷いた。

だが、またしばらく沈黙があった。栄次郎がもう一度声をかけようとしたとき、やっと兄が口を開いた。

「栄次郎。私は御徒目付を辞めることになるだろう」

「今、なんと？」

栄次郎は耳を疑った。

「御徒目付の職を辞めるということだ。きょう、お役御免を願い出た」

栄次郎は言葉を失った。

「私は大きな過ちを犯した。こともあろうに、旗本天野三右衛門どのに次男京五郎どのを殺したのではないかという疑いを向け、証拠を摑むために京五郎どのの墓まで暴こうとした。このような失態を演じては、御徒目付の威信にも傷がつく。御目付や御頭さまにも顔向け出来ぬ。また、天野三右衛門どのに対しても申し訳が立たぬ」

兄は静かに語った。

「兄上、なぜ、急にそのようなことを……」

「一昨夜、またも辻斬りが出たではないか」

「しかし、一連の辻斬り犯と同一人物の仕業かどうか、まだわかりません。関係ない第三者が……」

「待て、栄次郎」

兄は制した。

「そなたの気持ちもわかるが、現実を見よ。被害者は袈裟懸けに斬られていたという。奉行所の調べでも、一連の辻斬りと同じ人間の仕業だということだ」

兄は言い切った。

「いえ。一連の辻斬りに刺激を受けて、真似をした輩ということも考えられます」

栄次郎は反論した。

「いや。これまで辻斬りが現れた場所を考えても、同じ者の仕業とみるべきだ」

「兄上。はっきり申し上げます。天野三右衛門どのが、京五郎どのの罪を覆い隠すために誰かを雇って……」

「栄次郎」

再び、兄は栄次郎の言葉を遮った。

「京五郎どのが辻斬りをしていたという証拠はないのだ。その上での、一昨夜の事件だ。天野京五郎どのは無実だと考えるべきだ。そうではないか」

「それにしても、結論を出すのは早すぎます。もう少し調べてからでも遅くないはずです。そうではありませんか」

「栄次郎。私が疑った相手は旗本だ。間違っていたなら、直ちに責任をとらねばならぬ。御徒目付の信頼を失墜させることになっては申し訳が立たぬのだ。もし、天野どのが、御目付に抗議でもされたら大変なことになる」

「…………」

「栄次郎。気持ちはわかるが、天野家に関しては証拠もないことだ。へたに動けない」

兄は首を横に振った。

「なれど」

まだ、未練がましく、栄次郎は反論しようとしたが、それより先に兄が口をはさんだ。

「栄次郎。私がお役御免を願い出た以上、今後、この件に首を突っ込むことは無用だ。さよう心得よ」

栄次郎は啞然として兄の顔を見た。兄の表情に悲壮なものがあった。なぜ、こんなことになったのかと、栄次郎は無念の思いで唇を嚙みしめた。

「栄次郎。そなたにも迷惑をかけるかもしれぬが、許してくれ」

兄は体を折った。

文兵衛から言われた言葉を蘇らす。

栄之進どののやることを信じてあげることだ。文兵衛が言うとおり、兄のやることを素直に受け入れようと思った。

　栄次郎はため息をついてから、

「で、お役御免の願は？」

　と、今後の兄の身を案じてきいた。

「御頭さまの預かりとなっている。沙汰が下るまで、謹慎だ」

　兄は静かに言った。

「わかりました」

　いろいろ訊ねたいことはあったが、兄の気持ちを尊重して、このまま引き下がろうと思った。

　兄が比較的端然としていることが、僅かな救いであった。これで兄が落ち込んでいたら、栄次郎まで沈んでしまう。

「兄上。少し忙しすぎたようです。しばらくはゆっくりなさってください」

「うむ」

　兄は大きく頷いた。

「ただ、新八には申し訳ないと思っている。せっかく、私の手先になってもらったばかりなのに、このようなことになってしまって」

兄は新八を気づかった。

「いえ、新八さんは兄上に助けていただいて自由の身になれて感謝しているのです。それだけで十分だと思います」

「新八によしなにな」

「はい。それより、兄上」

栄次郎は身を乗り出し、

「母上には?」

と、懸念してきいた。

「まだ、話していない。これからだ」

「そうですか」

「母上を悲しませることだけがやりきれない」

兄は辛そうに顔をしかめた。

「母上は兄上を信頼していると思います。兄上が元気であれば、母上とて悲しみはしません」

「うむ。栄次郎、礼を言うぞ」

「いえ。それより、辻斬りですが」

栄次郎が言うと、

「栄次郎。あとは奉行所に任せておけばよい」

と、兄は諭すように言った。

それ以上は、辻斬りの件で話を続けることが憚《はばか》られた。

ではと、栄次郎は会釈してから立ち上がった。

自分の部屋に戻ってから、栄次郎は大きくため息をついた。

新たな辻斬りの発生から僅かふつか後に、兄がお役御免を願い出たことに驚きを禁じ得なかった。あまりにも早い決断だ。

一昨夜の辻斬りが一連の事件と関連があるのか、まだわからないうちに、ことを進めている。何をそんなに先を急いだのか。

天野家のほうから何らかの反撃があったのだろうか。それを恐れたのか。だとしたら、兄らしくない。

襖の閉まる音がした。兄が部屋から出たようだ。母のところに行くのだろう。

母と兄の話し合いの様子を気にしながら、栄次郎はいつもより早い時間に屋敷を出た。

本郷通りを行き、佐久間町の自身番に行くと、ちょうど伊平がいた。同心の旦那とここで落ち合うことになっているらしい。

「親分は、最初の犠牲者の井波重太郎についていろいろ調べたそうですね」

「ええ、あの頃はまだ辻斬りだとはわからなかったですからね」

「井波重太郎を恨んでいる人間は見つからなかったんですね」

「ええ、見つかりませんでした」

「女がいたようですが、どこの女かわかったのですか」

「いえ。浜町のほうで井波重太郎の姿を見かけたという者がいましたが、どこへ行っていたかわかりません」

伊平は苦笑して、

「実際、女がいたかどうか、わからないんですよ。井波重太郎が殺されたあとも、女は姿を現しませんでしたからね」

「そうですね。それはへんですね」

ただ、情婦は井波重太郎が死んだことを知らなかった可能性もある。だが、何日も井波が現れなければ、長屋を訪ねて来るのではないか。それさえないのは、情婦などいなかったのか。

だとしたら、小金《こがね》はどこから手に入れたのか。他人から恨まれるようなことは?」

「ふたり目の商家の番頭は、どうでしたか。他の犠牲者もありません」

「いえ、そういった話は聞きませんでした。他の犠牲者もありません」

「そうですか」

「あっ、矢内さん。旦那が来ましたので、失礼させていただきます」

「ああ、どうぞ」

伊平は同心のほうに歩いて行った。

伊平は井波重太郎に情婦はいなかったと言ったが、小金を持っていたということからして、やはり情婦がいたのではないかと、栄次郎は考えた。苦み走った顔の男で、女に好かれそうだ。

死んだあと現れなかったのは、女が誰かの持ち物だったからではないのか。人妻か妾か。あるいは、自由に外に出られない遊女か……。

やはり、女のことが気になったが、きょうは稽古日であり、栄次郎は、鳥越の師匠の家に向かった。

稽古をつけてもらってから、鳥越の師匠の家を出て、お秋の家に行った。

二階の小部屋に行くと、床の間に花が活けてあった。

ふと、心が和んだ。お秋が気を利かせてくれたのだろう。きのうから栄次郎の顔に屈託が表れていたのかもしれない。

窓辺に寄り、手すりに寄り掛かり、御厩《おうまや》河岸に目をやる。対岸に渡る人びとが渡し船に乗り込んでいるところだった。

大川も寒々としている。栄次郎はお役御免を願い出た兄のことを考えた。これで、天野家は辻斬りとは関係ないということになるはずだ。

しかし、天野三右衛門や京十郎の策略による新たな辻斬りだとしたら、許せない。そのために、春吉という男が殺されているのだ。

栄次郎は手すりに寄り掛かり、大川を見つめながら、さまざまなことを考えていた。兄は謹慎の身に留まらず、御徒目付を辞めるようになるかもしれない。栄次郎は責任を感じないわけにはいかない。天野京五郎に疑いを向けたのは栄次郎なのだ。

兄のお役御免により、御徒目付の名誉は守られるが、このままでは、兄の不名誉が残るだけだ。

辻斬りの被害者にはなんのつながりもない。そして、ひとりひとりにも他人から恨まれる事情はない。

だが、ほんとうにそうだろうか。井波重太郎にも謎があるように、他の被害者ひとりひとりにも何かあるかもしれない。

そこから辻斬りの正体が見えて来るかもしれない。

よし、徒労に終わっても仕方ない。被害者ひとりひとりを訪ねてみようと思った。

そう心に決めるとようやく安心して窓辺から離れ、三味線を手にした。

二

翌日、また、伊平を訪ね、辻斬りの被害者の名と住まいを聞いた。

二番目に和泉橋の近くで殺されたのは神田相生町の下駄問屋『森田屋』の番頭喜兵衛《きへえ》である。

栄次郎は『森田屋』を訪ねた。

店先で、小僧が掃除をしていた。栄次郎は小僧に声をかけた。

「私は矢内栄次郎という。ご主人にお会いしたいのだが」

箒を使う手を休め、

「はい。ただいま」

と、汚れのない目をした小僧は甲高い返事を残して奥に引っ込んだ。

栄次郎は店内に入った。番頭が殺されたという後遺症はまったくないほど、店は平穏な感じだった。

しばらくして、小僧が戻って来た。

「どうぞ、こちらです」

小僧が示したほうを見ると、板の間に小柄な初老の男が立っていた。栄次郎は、その男の前に立った。

「森田屋さんですか。突然、押しかけて申し訳ありません。私は矢内栄次郎と申します。じつは、私の知り合いも辻斬りの犠牲になりました。なんとか、敵《かたき》をとってやりたくて、手掛かりを調べているところなのです」

「それは、それは」

森田屋は目をしょぼつかせ、

「さあ、どうぞ、おかけください」

と、上がり口に腰を下ろすように言った。

「では、失礼して」

大刀を腰から外し、栄次郎は座った。

「こちらの番頭の喜兵衛さんも犠牲になられたそうですね」

「はい。喜兵衛は通い番頭でして、神田松枝町《まつえだちょう》に住んでおりました。あの夜は帳簿づけを終え、ここを出たのが五つ半（午後九時）頃でした。それより、五日ほど前に、左衛門河岸で辻斬りが出たから十分に気をつけるように話していたのですが、あのようなことになってしまいました」

「つかぬことをお伺いしますが、喜兵衛さんはどのような御方でしたか」

「真面目でおとなしく、気のいい男でした。ゆくゆくは暖簾分けをしてやろうと思っていたのですが、残念でなりませぬ」

「他人から恨まれるようなことは？」

「とんでもない。喜兵衛を悪く言う人間はありません。これは、他の奉公人や松枝町の長屋の住人にきいていただければわかります」

森田屋はむきになって言った。

「そうですか。私の知り合いもとても気のいい男でした。祝言を近々挙げることになっていたんです。それを、辻斬りのために……」

多吉のことを頭に描いて、栄次郎は言った。多吉とは面識はないが、おけいの許嫁だったこともあり、栄次郎は勝手に多吉の人間像を作っていた。

「ところで、喜兵衛さんから井波重太郎という浪人、あるいは多吉という職人のことを聞いたことはありませんか」

「さあ、喜兵衛はなんでも話してくれますが、そのような名前は聞いたことはございません」

森田屋は首を横に振って言った。

喜兵衛は他人から恨まれるような人間ではないことは間違いないようだ。

「わかりました。お忙しいところをお邪魔して申し訳ありませんでした」

栄次郎は立ち上がって言う。

「どうか、一刻も早く辻斬りが捕まることを祈っています」

その言葉を聞いて、栄次郎は土間を出た。

栄次郎は和泉橋を渡った。次に向かうのは鎌倉河岸で殺された指物師の職人米助のところだ。

米助は堀江町の裏長屋の住まいで工賃取りの仕事をしていたということだ。

栄次郎は浜町堀を渡り、本町通りを突っ切り、東堀留川に沿った堀江町一丁目にやって来た。

長屋はすぐにわかった。路地を入って行くと、腰高障子に小槌と鑿《のみ》の絵が描かれた住まいが出て来た。

栄次郎は戸を叩いて、声をかけた。だが、返事はない。

井戸端にいた女が栄次郎に声をかけた。

「そこは空き家ですよ」

「米助さんのおかみさんはいないのですか」

「ええ、可哀そうに、米助さんがあんなことになっちまったんで、実家に帰りました。なんでも、板橋のほうだと言ってました」

「板橋ですか」

「おかみさんに用なら、板橋まで行くしかありませんよ。大家さんなら、実家の場所はわかると思いますが」

「米助さんはどんなひとだったのですか」

「無口で気難しそうな顔をしてましたけど、根はいいひとでしたね。おかみさんとも仲むつまじく、あんな仲のよい夫婦は滅多にいないって、長屋の住人はうらやましがっていました」

「米助さんはひとから恨まれるようなことは？」

「そんなこと、ありませんよ。とにかく、ひとのよい夫婦でした。だから、あたしは辻斬りが憎たらしくて仕方ないんですよ」

　女はふと不審そうな顔になり、

「お侍さんは、なんで米助さんのことを？」

　と、きいた。

「私の知り合いも辻斬りの犠牲になったので、同じ犠牲者の米助のおかみさんのことが気になって訪ねてみたんです」

「まあ、そうですか。それはあいにくでしたねえ」

「米助さんから下駄問屋『森田屋』の番頭の喜兵衛さん、棒手振りの多吉さん、井波重太郎という浪人のことを聞いたことはありませんか」

　念のためにきいた。

「さあ、私は知りません」

　女は首を横に振った。

　栄次郎は礼を言って、長屋を出た。たったひとりに聞いただけで、すべてがわかるわけはないが、少なくとも米助がひとに恨まれるような人間ではないことは明白だ。

　これまでで、引っかかりがあるのは井波重太郎だけで、他の三人はまったくふつうの暮しをしている人間だった。

そのあと、久松町の裏長屋に出向いた。浜町堀で斬られたのが、銀蔵《ぎんぞう》という日傭取《ひようと》りの男だった。

銀蔵は独り者で、長屋の住人にきいたが、特に問題のあるような男ではなかった。

最後に、栄次郎は神田岩本町にある金貸し源兵衛の家に行った。

源兵衛は大きな鼻と厚い唇、意地悪そうな目をした初老の男だ。店に入って行くと、手焙りに手をかざしたまま、こっちを見た。

「金を借りに来たのなら、そこでおとなしく待ってな」

面倒くさそうに、源兵衛は栄次郎を見た。

およそ、ひとと見れば金を借りに来る哀れな人間とでも見ているようだ。

「いや。金を借りに来たのではありません。春吉さんのことで、ききたいのですが」

源兵衛のような男はへりくだって接すると、さらに高圧的になってくる。そう見抜いたが、栄次郎はそれでも下手《したで》に出た。

「春吉は死んだ。死んだ男のことは知らぬな」

源兵衛は突慳貪《つっけんどん》に言う。

「春吉はこちらで貸し金の取り立てをしていたそうですね」

「それがどうした？」

相手が武士だろうと、金のあるほうが強い。だから、強気に出るのだろう。ここには、小禄の武家の用人などが金を借りに来ているのかもしれない。

「あの夜、春吉はどこまで取り立てに行ったのですか」

栄次郎は威張っている源兵衛を意に介さず平然ときいた。

「そんなこと言う必要はない」

源兵衛は冷たく言う。

「春吉は誰かに恨まれているようなことはなかったですか」

「そんなこと、わしは知らないな。わしには関係ないことだ」

「いや、そうとも言えませんよ」

栄次郎はわざとらしく深刻そうな顔をした。

「なに、どういうことだ?」

「春吉さんは辻斬りの仕業に見せかけられて殺されたのかもしれない」

「どういうことだ?」

「まだ、調べている最中ですからなんとも言えませんが、春吉さんを斬ったのは、いままで出没していた辻斬りかどうか疑わしいのです」

「ばかな」

「春吉さんに恨みを持つ人間が辻斬りの真似をして斬る。辻斬りの仕業にしてしまえば、ことの真相も明るみに出ず、己の身は安全ですからね」

「辻斬りではないと言うのか」

「その可能性もあるということです。ですから、こうして調べているのです。春吉さんを恨んでいる人間に心当たりはありませんか」

急に、源兵衛は狼狽をした。

「取り立てに行った先で揉め事を起こしたことはないんですか。もし、そうだとしたら、狙われるのは春吉だけじゃありません。源兵衛さんだって、危ないかも」

栄次郎はわざと威した。

「ばかを言わさんな。春吉は辻斬りにやられたんだ」

源兵衛は苦々しい顔で言う。

「確かに、一見、辻斬りにやられたように思えます。でも、さっきも言いましたように、今までの辻斬りとはどこか違うような気がしているのです」

「それは、お侍さんの勝手な思い込みでしょうよ」

「ええ、思い込みかもしれません。でも、そうではないとも言い切れないのです。どうですか。春吉さんが他人から恨まれているようなことはありませんか」

「そんなもの、わかるわけない」

「そうですか。それならよいのですが」

「ところで、井波重太郎という侍をご存じですか」

「知らぬ」

源兵衛の顔が蒼白になった。

「春吉さんはどうだったでしょうか。井波重太郎のことを知っていたのでしょうか」

「知らぬ。そんな他人のことなど知らぬ。さあ、帰ってもらいましょう」

何か隠している。そんな気がした。

「よいですか。夜、ひとりでは絶対に外出はしないほうがいい。辻斬りに見せかけて、殺そうとする輩がいるかもしれませんからね」

「冗談じゃない」

栄次郎の威しに、源兵衛は完全に浮足だっていた。

「もし、春吉さんのことで、何かわかったら教えてください。失礼します」

栄次郎は外に出た。

薄暗いところにいたので、陽光が眩しい。しかし、源兵衛は井波重太郎を知っているような気がした。その名を出したときの反応が物語っていると思った。

それから、いつものようにお秋の家に行き、三味線の稽古をした。

が、途中で、奥の部屋に逢引き客が入り、栄次郎は三味線の稽古を終え、窓辺に腰を下ろし、大川に目をやった。

ただ、ぼんやり渡し船が遠ざかって行くのを眺めていたが、いつしか思いは金貸し源兵衛のことに向いた。

春吉を出汁《だし》に源兵衛を威したところ、反応があった。源兵衛は何かを隠している。それに井波重太郎と関係があるのかもしれない。

辺りが暗くなって来た。梯子段を上がって、お秋がやって来た。

「新八さんがお見えですよ」

お秋の後ろから、新八が現れた。

「新八さん」

栄次郎は窓辺から立ち上がった。

行灯に灯を入れてから、

「新八さんも夕飯を食べて行くでしょう」

と、お秋がきいた。

「崎田の旦那は来るんですかえ。あっしは、どうもあの旦那は苦手で」

新八が頭をかいて言う。盗人だったという過去があるので、新八は八丁堀与力が煙たいのだろう。

「だいじょうぶ。今夜は来ませんよ」

お秋が苦笑して答えた。

「なら、ご馳走にならしていただきます。ありがとう存じます」

「わかりました。じゃあ、あとで」

お秋が部屋を出て行ってから、新八が身を乗り出した。

「まだ、それらしき侍は見つけ出せないんですが、天野京十郎と京五郎が通っていた一刀流の道場が市ヶ谷田町三丁目にあるんです。道場主は坂巻弦之進《さかまきげんのしん》っていいます。その道場に、三十ぐらいの浪人がひとり寄宿しているんです。その浪人に目をつけたのですが」

「なるほど。京十郎とのつながりで、辻斬り役を引き受けた可能性もありますね」

「ええ。ただ、体つきは京五郎とは似ていず、細身なのです」

「細身ですか」

栄次郎は宗十郎頭巾の男を思い浮かべた。やはり、京五郎の体型だ。

「その他に、門弟の中には旗本や御家人の次男坊もいて、金のためならなんでもやりそうな柄の悪い侍もいたようです。これは、近所の水茶屋できいたんですが、ゆすり、たかりをする侍もいるということです」

「ちょっと問題がありますね」

「京十郎が道場にやって来ていないので、親しくしている人間はわかりません。もう少し、調べてみます」

「じつは、私のほうですが、被害者のことを調べてみました。多吉さんを除く四人の住まいを訪ねました」

「えっ、栄次郎さんがですか。仰っていただければ、私がやりましたのに」

「いえ、新八さんには天野家のほうを見てもらっていますからね。で、その結果、最初に殺された井波重太郎と最後に殺された春吉とが、なんらかのつながりがあるように思えるのです。春吉の主人の金貸し源兵衛と話したのですが……」

そのときの様子を、栄次郎は語った。

「もちろん、両者に関係があったとしても、偶然にお互いに辻斬りに出くわしてしまったのかもしれません。でも、何か引っかかるんです」

真剣な眼差しで聞いていた新八は栄次郎の話が終わると、すぐきいた。

「すると、この辻斬りには裏があるってことですか」

「いや。辻斬りであることに間違いないと思うのですが」

栄次郎は霧がかかった状態で、まだ何も見い出せなかった。だが、霧の中に、何かが隠されていると思っている。

梯子段を上がる足音がして、お秋が夕餉の支度が出来たことを告げに来た。


夕餉をとってから、栄次郎は新八といっしょにお秋の家を出た。

お互い、話し合ったのではないが、当たり前のように蔵前通りをまっすぐ浅草御門のほうに向かった。

今夜は月影が射していた。

栄次郎と新八は浅草橋の手前で右に折れ、しばらくして左衛門河岸に差しかかった。庄内藩酒井家の下屋敷の前だ。

ここで、最初の犠牲者である浪人の井波重太郎が斬られたのである。

辻斬りが出るのは四、五日置きである。春吉が殺されてからまだ三日だから、今夜出る可能性は低いかもしれない。

だが、用心にこしたことはなかった。

辻斬りのおかげで、夜のひと通りも少なく、またひとり歩きはほとんどいなかった。途中、すれ違うのはふたり連れか三人連れだった。

たまにすれ違う通行人も、最初は栄次郎を見てはっとする。侍を見れば、辻斬りではないかと警戒するのだ。

傍らに新八がいれば、相手も安心する。

くらがりのところどころに身を潜めているひと影は町方の者のようだ。

栄次郎は新シ橋の袂を過ぎて神田川沿いを上流に向かった。やがて、和泉橋に近づく。この辺りで、『森田屋』の番頭喜兵衛が斬られたのだ。

栄次郎たちは、辻斬りが出た場所を辿った。辻斬りがどこに出るかわからない。だが、神田川から鎌倉河岸、浜町堀に囲まれた一帯のような気がしている。

和泉橋を過ぎて、昌平橋に出た。この先の湯島聖堂の裏で、おけいの許嫁だった多吉が殺されている。

「栄次郎さん。辻斬りに出会うのは砂浜で針を探すようなものですね」

新八が無念そうに言う。

「ええ。でも、辻斬りがどこかで我々のことを見ていることも考えられますよ」

「そうですね」

栄次郎はふとおけいのことが脳裏を掠めた。

「そろそろ、おけいさんが帰る頃ですね。ちょっと、様子をみてやりませんか」

「ええ。そうしましょうか」

新八も応じた。

ふたりは神田明神の鳥居の前に立った。まだ、おけいは出て来ていない。

「新八さん。おけいさんを付け狙っていた男は、あれから現れていないようですね」

栄次郎は不思議そうにきいた。

「ええ。今朝も、おけいさんの長屋から料理屋まで見張りましたが、怪しい人間は現れませんでした」

「我々のことに気づいたのでしょうか」

「そうかもしれません。だとすると、ほとぼりが冷めてから、またぞろ動きだすことも考えられませんか」

新八が厳しい顔で言ったとき、駒下駄を鳴らして、おけいが料理屋の裏口から出て来た。店の若い衆がふたり、付き添っていた。おけいは栄次郎たちに気づくことなく、帰途につく。そのあとを、周囲に目を配りながらつけて行く。

昌平橋を渡った。遅れて、栄次郎も渡る。

長屋まで、おけいをつけている怪しいひと影はなかった。

木戸の前で立ち止まったおけいは、振り返って付き添って来た若い衆に深々と頭を下げて長屋の路地に入って行った。

若い衆がふたりでおけいを送り届けたのは、ふたりいっしょのほうが辻斬りが出ないと判断してのことだろう。

無事におけいが長屋に帰ったのを確かめて、栄次郎と新八は再び、辻斬りの出没した辺りに向かった。

足を向けたのは鎌倉河岸だ。そこから浜町堀まで出て、薬研堀から両国広小路を突っ切り、柳原通りに入った。こうして、漫然と歩いていて、辻斬りに出くわすかどうか。だが、それしか辻斬りに出会う方法はなかった。

結局、何事もなく、再び昌平橋を渡り、新八と別れ、栄次郎は本郷の屋敷に帰った。

もう、夜も更けている。自分の部屋に入ろうとして、兄の部屋に目をやると、灯が微かに漏れていた。

兄はまだ起きているようだ。栄次郎は兄の部屋の前に行き、

「兄上。まだ、起きていらっしゃいますか」

と、声を抑えてきいた。

「うむ。入れ」

兄の声がした。

「失礼します」

栄次郎は襖を開けた。

兄は小机に向かっていた。何かを読んでいる。

栄次郎は近くに腰を下ろし、兄が振り向くのを待った。

しばらくして、兄が書物を閉じて振り返った。

「お勉強ですか」

「うむ。せっかく、暇が出来たからな」

兄は寂しそうに言った。

「兄上。御頭から何か」

「いや。まだだ」

「謹慎中は、やはり外出も出来ないのでしょうね」

「当然だろう」

兄は笑った。

「そうですか。不自由なものですね」

思ったより、兄が元気そうなので、栄次郎は安心した。

「ところで、栄次郎。毎晩、遅いようだが何をしているのだ？」

兄の顔つきが厳しくなった。

「はい。また、舞台があるので稽古に明け暮れています」

栄次郎は嘘をついた。

兄はじっと栄次郎の顔を見つめていた。覚えず目をそらしそうになったのを、栄次郎は耐えた。

先に、兄のほうが視線を外した。

「栄次郎。どうだ、少し、やるか」

「えっ？」

「酒だ。なんだか、今夜は眠れそうにもない」

「でも、母上が？」

「もう、お休みだろう。静かにしていればわからん」

「そうですね。わかりました。じゃあ、持って来ます」

栄次郎は立ち上がった。

部屋を出て、そっと台所に行く。徳利を探し、湯呑みをふたつ持って引き上げようとしてひとの気配を察した。

驚いて振り返ると、女中だった。あわてて、栄次郎は人指し指を口に持っていった。

「母上に気づかれるから」

「何か足りないものはございますか」

女中がきいた。

「つまみがないが、しょうがない。だいじょうぶだ。もう、寝なさい」

女中に言い、栄次郎は徳利と湯呑みを持って兄の部屋に戻った。

「さあ、兄上」

栄次郎は湯呑みに酒を注ぎ、ひとつを兄に渡した。

「うむ」

兄は厳めしい顔のまま湯呑みを受け取った。

栄次郎は一口すすってから、

「うまい」

と、覚えず声をあげた。

なんだか、いつもの酒と味が違うような気がした。

「兄上とこうして呑むなんてはじめてですね」

栄次郎は兄と呑むのがうれしかった。

「栄次郎もいつの間にか呑めるようになったのだな」

兄は目を細めた。

謹慎の身は辛いことだが、兄には自分を縛りつける何かから解放されたような喜びが窺えた。

「栄次郎さま」

廊下から、女中の声がした。

栄次郎は訝しく立ち上がった。

襖を開けると、女中が畏まっていて、

「これをお持ちしました」

小鉢にぬた和え、それからお新香を盛った小皿。

「作ってくれたのか。ありがとう」

栄次郎は喜んで受け取った。

「兄上。なかなか気がききますね」

小鉢と小皿を兄の前に置いて、栄次郎は言った。

「栄次郎、わからぬのか」

兄が眉根を寄せて言った。

「何がで、ございますか」

「これは母上の指図だ」

「えっ」

栄次郎は覚えず兄の顔を見た。

「母は知っているのだ。ふたりで呑むことを」

「あっ」

栄次郎はあわてて立ち上がった。

「どこへ行く？」

「母上のところに？」

「止せ。気づかぬ振りをしておくのだ。たまには、兄弟ふたりでしみじみ語り明かさせてやろうとしてくれているのだ。母上の気持ちをありがたく受け取っておくのだ」

「はい」

栄次郎は元の座に戻った。

「母上には、あのことを告げたのですか」

お役御免を願い出て、今は謹慎の身だということだ。

「話した」

「何か仰っておりましたか」

「いや。ただ、悔いのないようにとだけ」

「そうですか。母上は、やはり兄上を信頼なさっているのですね」

「どうだかな」

「さあ、兄上」

兄の空いた湯呑みに酒を注ぐ。

「栄次郎、どうだ。あっちは？」

ふいに兄が気難しい顔できいた。

「ひょっとして、深川ですか」

栄次郎は兄の顔色を読んで言う。

「うむ」

兄は湯呑みを口に運んだ。永代寺の裏手にひっそり佇んでいる『一よし』という小さな遊女屋のことだ。

「江戸に帰ったあと、兄上に言われて顔を出したきりです」

兄はそこのおぎんという女が気に入っていた。どこか、亡くなった義姉に似ている遊女だった。

「そうか。こうなると、なんだか懐かしい気がする」

兄は遠くを見る目つきをした。

「兄上。こっそり行ってらしても罰は当たらないと思いますが」

栄次郎はそそのかした。

「そなたに連れて行ってもらうまでは、ばかにしていたが、あれほど心休まる場所はない。おぎんの前なら、自分をさらけ出せるのだ。場末の女たちだが、みな情がある」

兄はしみじみと言う。

「はい。気取りも見栄も必要ありません。私もあそこに行くと、素の自分を取り戻せるように思えるんです」

「確かにそうだ」

「ところで、兄上。石川右近さまの娘御とお会いしたそうですね」

栄次郎は思い出してきいた。

「聞いたのか」

「はい。小夜さまと仰るとか。なんでも、石川さまと小夜さまが、近くまで来たので、屋敷にお見えになったとのこと」

「うむ。だが、そのときがはじめてではない」

「えっ、どういうことですか」

「それ、以前に一度、お会いしていた」

「そうですか。母上はたまたま非番だった兄上がお相手をなさったと？」

「母上も食えぬ御方だ」

兄は苦笑した。

「どういうことでですか」

訝しく、栄次郎はきいた。

「うむ。以前、母のお供で白山権現まで行ったことがある。参詣のあと、境内にある茶屋で休んでいたとき、ある直参の息女が母親と来ておられた。美しいひとだった。母上と知り合いらしく、向こうから挨拶に来た」

「それが石川さまで？」

「そうだ。どうやら、先方と示し合わせていたらしい。話だけでは、私が断ることを見越し、事前に引き合わせておいたのだ」

兄はふと寂しそうな笑みを浮かべた。なぜ、兄がそんな表情をしたのか。

「兄上は小夜どのを気に入られたのではありませんか」

「うむ。気に入った。茶屋で引き合わされたあと、話をしたが、なかなか頭のいいひとだった」

「兄上、結構な話ではございませんか」

栄次郎は喜んで言った。

「いや。この話も、こうなっては先方から断ってくるだろう」

兄は表情を曇らせ、

「先方は御徒目付の矢内栄之進の妻になろうとしたのだ。私がお役御免になれば、当然、話が違うということになるだろう」

「そんな……」

「いや、それも仕方あるまい」

「兄上」

「栄次郎。言うな。これが私の運命なのだ。ただ、母上はこのたびの縁談をとても楽しみにしていた。その母上のお心を思うと、胸が締めつけられるのだ」

兄は徳利に手を伸ばした。

「おや。もうないな」

「もっと持って来ましょうか」

栄次郎は腰を浮かせた。

「いや。もうだいぶ呑んだ。栄次郎と酒を酌み交わし、楽しかった」

「私こそ」

「さあ、休むとしよう」

「兄上。その縁談のことですが」

栄次郎はなおも気にした。

「お役のことを無関係に進めることは出来ないのですか」

「無理であろう」

「いや、きっと何かいい手立てがあるはずです」

「栄次郎。気にするな。さあ、休もうぞ」

兄は立ち上がった。

「はい」

栄次郎は素直に答え、徳利と湯呑みを持って立ち上がった。

半刻（一時間）以上は経っているので、もう四つ半（十一時）は過ぎているだろう。栄次郎は自分の部屋に戻ったが、目は冴えていた。

兄の縁談の話が頭にこびりついている。今まで、頑《かたく》なに縁談を断って来た兄がはじめて気持ちを動かした。めったに自分の気持ちを言わない兄が栄次郎にあそこまで明かしたというのはかなり相手の娘を気に入った証拠だ。

なんとかしてやりたい。もちろん。御徒目付の職を辞めなくて済むなら、なんら問題はないだろう。だが、兄のほうからお役御免を願い出たという。

兄の辞任を取り引きに、天野家の怒りを押さえつけようとしてのことだろうが、栄次郎はいまだに天野家に対する疑惑を捨てきれていないのだ。

兄のためにも、必ず、天野家の策謀を暴いてやる。栄次郎は改めて心に誓った。

三

翌日の朝、栄次郎は朝餉のあとで、母に呼ばれた。兄が先に立ったあとで、栄次郎に声をかけたので、用件には察しがついた。

いったん部屋に戻ってから、栄次郎は母の部屋に行った。

いつもは仏間にいて仏壇の前にいるのだが、珍しく部屋の真ん中で、栄次郎を待っていた。

母は毅然とした態度で座っていた。母は幕府勘定方を勤める家から、矢内の父のもとに嫁いで来た。勘定衆は勘定奉行の下で、幕府領の租税などの財務や関八州のひとびとの訴訟などの事務を行う。

そういう家柄の娘のせいか、母の父親がそういうひとだったのか、とかく母は気位の高いひとだった。だから、栄次郎は母の前ではいつも緊張する。

ことにゆうべのことがあるので、なんとなく面映《おもはゆ》い。兄と酒を酌み交わしていたことを知っていたらしい。酒の肴を用意してくれた礼を言うべきかどうか迷った。

「栄之進が、お役御免を願い出たことはご存じですね」

母は姿勢を崩さずに言った。

「はい」

「お役目で失態を演じ、組頭さまにも迷惑をかけたということです。どう思いますか」

母は毅然とした態度できいた。

「はあ、兄上らしいと思います。自ら、お役御免を願い出たそうにございますから」

「なれど、どのような失態だったのか、言おうとしません。そなた、何か聞いていよう。教えてたもれ」

母の黒い瞳が光ったような気がした。

「いえ、私も聞いておりませぬ」

心苦しかったが、栄次郎も嘘をついた。

母がじっと見つめる。覚えず、栄次郎は目をそらした。

「栄次郎。母の目をよう見よ。母にも言えぬのか。母に隠し立てせねばならぬほどの失態を演じたというのか」

母が強い口調になった。

「いいえ、違います。きっと、兄上には兄上の考えがあってのことだと察しています。ほんとうに、取り返しのつかない失態を演じたのなら、兄上はもっと暗い顔をしているはず。私は兄上が己の信じる道を選んだのだと思います。兄上はこのことで悔いてはおらぬようです」

栄次郎は兄のために滔々《とうとう》と弁じた。

「なれど、謹慎の身にあることは間違いないことです。よほどのことがなければ、謹慎など、仰せつけられぬのではないですか」

「はい……」

「栄次郎。話すのです」

母は催促した。

天野家に関わる辻斬りの疑いを話したら、母はどのような反応をするだろうか。それに、兄は自分の失態だと言っているが、栄次郎はそうではないと思っている。兄の判断にもおかしなところがある。

そうは思っても、天野家に関わる疑惑は、あくまでも自分の推測に過ぎないので、栄次郎はへたに話を出来なかった。

「母上。私なりに考えていることもありますが、あくまでも私の憶測に過ぎません。ですから、今お話しすることは控えさせていただきたいのですが」

栄次郎は訴えた。

母はじっと栄次郎を見つめていたが、

「わかりました。今、お聞きすることはやめましょう。その代わり、はっきりしたら、必ず母に話すのです。よろしいですね」

「はい」

母はふと表情を曇らせ、

「この前、あなたにお話した石川右近どのの娘小夜どののことが気がかりなのです。これまで、何度も断って来た栄之進がはじめてその気になってくれました。小夜どのとなら、きっとうまくいくと思っていました。そんなときに、今回のことです。先方から、断りの連絡があるやもしれません。いや、お役御免ということになれば、きっと破談ということになるでしょう。でも、母はなんとしてでも石川どのを思い止めたいのです。やっと、栄之進がその気になってくれたのですから」

母は心の思いを絞り出すように言った。

「もうしばらくお待ちください。もし、きょう明日にも石川さまから何か言って来ても、結論はもう少し先に延ばしてくださるようお願いします。それまでに、きっと、ことの真相を摑んでみます。きっと、兄上の気持ちは先方にわかっていただけると思います」

「栄次郎。頼みます。このとおりです」

母が頭を下げた。

「母上、おやめください」

栄次郎はあわてて言った。

「いえ、私にはあなただけが頼りなのです。どうか、頼みました」

自分の腹を痛めた子だから、思いが人一倍強いのだとは思わなかった。仮に、栄次郎が同じ立場だったら、母は兄に対して栄次郎のために、このように頭を下げるだろう。

この母のためにも、真相を明らかにしなければならない。そう改めて誓った。それには、辻斬りを捕まえるだけではだめだ。辻斬りがほんとうのことを喋るという保証はない。天野家に頼まれたことを打ち明ける可能性はほとんどないかもしれない。ならば、金貸し源兵衛と井波重太郎との関係から攻めていくしかない。突破口はそこだ、と栄次郎は思った。

栄次郎はいつもより早めに屋敷を出て、明神下の新八の住まいに寄った。

新八は火鉢に炭をくべていた。

「お邪魔します」

「ちょうどよかった。お湯が沸いたところです。茶でもどうですか」

「いただきます」

栄次郎は上がり口に腰をおろした。

部屋の隅に枕屏風があり、ふとんが積んである。壁に着物が吊る下がっている。あとは行李《こうり》と小さな茶簞笥、それに火鉢があるだけの殺風景な部屋だ。

盗人時代はしゃれた家に住み、いいものを着、いいものを食べていた。その暮しから比べたら、いかに落差が大きいことか。

「新八さん。よく我慢出来ますね」

栄次郎は同情した。

「何がですかえ」

「この暮しです。以前と比べたら……」

あとは言いさした。

「いえ、お天道様に恥じない暮しを出来るだけで、仕合わせってもんです。前は、常に何かに怯えていましたからね。風が桶を転がした音に飛び起きたことも何度もあります。そんな心配をしなくていいんですからね」

「えらいですね」

栄次郎は感心した。

「そんな感心されるようなことはなんもありませんよ」

新八は苦笑した。

「でも、兄からの手当てなんてたいしたことはなかったでしょう」

御徒目付の手先といったって、兄が個人的に雇っているだけだ。手当ては兄の懐から出るのだ。

奉行所の与力・同心のようにいろいろなところから付け届けがあって実入りがよいわけではない。

だから、普段は小間物の行商をしている。だが、最近は辻斬り事件の探索に時間をとられ、商売も出来ない。

「栄次郎さん。栄之進さまから黙っているように言われていたのですが、栄次郎さんには隠しておくことは出来ません。言ってしまいます」

「何をですか」

「じつは、あっしが栄之進さまの手先になるにあたり、栄之進さまから十両をいただいたんです」

「えっ、十両ですって」

栄次郎には初耳だった。

「これで、何か商売をはじめろと。何かあるときだけ、手伝ってもらえばいいから、普段はふつうの暮しをしていろと」

「兄上が……」

栄次郎は、兄が新八のためにそこまでしてやったことがうれしいと同時に、兄の人間としての器の大きさに改めて目を瞠《みは》った。

まだまだ、兄には適《かな》わない。栄次郎はそう思った。

「栄之進さまのためにも、なんとか辻斬り事件を解決したいものです」

新八は厳しい顔で言った。

「その件なのですが、天野家から頼まれて、辻斬り役を請け負った者を捕まえても、ほんとうのことを喋るという保証はありません。それより、金貸し源兵衛と井波重太郎とのつながりを調べたいのです。源兵衛は井波重太郎のことで何か隠しているような気がしてならないのです。しばらく、源兵衛を調べてもらえませんか」

「わかりました」

「じゃあ、今夜もここに来ます。その前に、坂巻道場に行って、寄宿している浪人を見て来ます。その浪人が天野家から辻斬りの真似を依頼されたかどうか、この目で確かめてみます」

「あっしもごいっしょしましょうか」

「いえ、新八さんには源兵衛のほうをお願いします」

そう言って、栄次郎は立ち上がった。

栄次郎は新八の住まいを出ると、湯島二丁目の通りを突っ切り、湯島聖堂の角を曲がって神田川沿いに出て、川を遡った。

水道橋を過ぎ、小石川御門、牛込御門を通り、市ヶ谷田町三丁目にやって来た。坂巻道場はすぐにわかった。

大きな門構えの道場だ。武者窓から荷物を背負った行商の男と職人体の男が稽古場を見ていた。ふたりの隣りに立って、栄次郎も中を覗いた。

何組かが竹刀で打ち合っている。栄次郎は目をはわした。壁際に並んでいる門弟たちの中には浪人髷の男はいなかった。

「やっ、出て来たぜ」

職人が声を上げた。胴着を身につけた浪人髷の男が道場に入って来た。三十歳には行っていないか。頬がこけているが、眼光鋭く、威圧感のある顔だ。新八が言っていた浪人かもしれない。

「あのひとも、門弟なんですか」

栄次郎は横の男にきいた。

はじめて、栄次郎に気づいたようにふたりは顔を向けた。

「今、どこの道場に入門しようか調べているところなのです」

栄次郎は言い訳をした。

「そうですかえ。この道場はかなり荒っぽいですぜ。今入って来た浪人は金井十郎《かないじゅうろう》太《た》といい、この道場の居候ですよ。ときたま、代稽古をしています」

行商の男が答えた。

「詳しいのですね」

「へえ、あっしはこの道場の台所に出入りをしています。その帰りにはよくここから覗いているんですよ」

金井十郎太が木刀を持って道場の真ん中に向かった。いっせいに竹刀の稽古が止んで、門弟たちは壁際に下がった。

金井十郎太が稽古をつけるらしい。最初に指名された若い侍が木刀を手に出て来た。向かい合ってから、木刀を構えた。正眼に構えた金井十郎太に若い侍が打ち込んで行く。金井十郎太の体は微動だにせず、若い侍だけが転がっていた。

「すごいでしょう」

行商の男が昂奮して言う。

確かに、腕が立つ。しかし、栄次郎が注意をしているのは、この男が天野家から頼まれた辻斬りかということだった。

「金井十郎太どのに敵《かな》う門弟はいないのですか」

「旗本の部屋住ながらとてつもなく強いひとがおりました。金井さまと対等に闘っておりました。でも、先日、亡くなったそうです」

「亡くなった？　名前はわかりますか」

「天野京五郎さまです」

栄次郎はしばらく金井十郎太の稽古を見ていたが、新たな見物人が寄って来たのを潮《しお》に窓から離れた。

栄次郎は少し先に行ったところにある一膳飯屋に入り、早い昼食をとって時間を潰した。それから、急いで道場に戻った。

武者窓にはさっきの行商の男はいなかった。栄次郎が窓を覗くと、金井十郎太の姿はなかった。

栄次郎は門が見える場所に立った。どうするという当てがあるわけではない。ただ、金井十郎太に接触してみたいと思った。

半刻（一時間）ほど経ってから、金井十郎太がひとりで出て来た。十郎太は神田川沿いを市ヶ谷御門のほうに向かった。

栄次郎はあとをつけた。市ヶ谷御門の手前を右に折れた。左内坂《さないざか》を上って行く途中に、小さな料理屋があった。軒行灯に『梅家』と書かれていた。

十郎太はそこの門を入って行った。

栄次郎はどうするか迷っていると、坂を上って来る武士に気づいた。栄次郎はあわてて身を隠した。

やって来たのは天野京十郎だった。京十郎は『梅家』の門を入って行った。

十郎太と会うに違いない。栄次郎は逸《はや》る気持ちを抑えた。懐具合をみると、なんとか足りそうだ。が、さっき昼食をとったばかりでこれ以上腹に入れるのは苦しい。

料理屋の裏手にまわってみた。黒板塀越しに、二階の部屋の窓が見える。障子が閉まっているが、ふたりは二階の部屋のどこかに入ったのであろう。

一刻（二時間）ほど経って、天野京十郎と金井十郎太が連れ立って『梅家』から出て来た。

ふたりは左内坂を下り、神田川沿いを東に向かった。途中、市ヶ谷田町三丁目でふたりは別れた。十郎太は道場に帰るのだろう。京十郎はそのままま っすぐ進んだ。

栄次郎は少し離れてついて行く。尾行されているとはまったく思ってもいないようだった。

京十郎は牛込御門をくぐって行った。このまま、屋敷に引き上げるようだ。

いったい、ふたりは何を話し合ったのだろうか。

その夜も、栄次郎は新八の住まいで時間を潰し、五つ（午後八時）前に、新八と長屋を出た。今夜あたり、辻斬りが出そうな予感がしてならなかった。昼間見かけた天野京十郎と金井十郎太のことがあるからか。

ふたりが会っていたという話をすると、新八も目を輝かせた。天野京五郎のあとを継いだ辻斬りは金井十郎太の可能性もあった。

「今夜、もし辻斬りが出て取り逃がした場合、思い切って坂巻道場に金井十郎太を訪ねましょう。ひとを斬ったあとなら、刀に血糊が残っているはずです」

「わかりました」

ただ、心配なのは、もう辻斬りが出没しないということだ。新たに出没した辻斬りには天野京五郎への疑いをそらす目的があった。だとしたら、その目的は十分に果たしたはずだし、これ以上無駄な殺生はしないかもしれない。

そうなると、真実の追及が難しくなる。栄次郎はそのことを恐れた。

昌平橋を渡り、柳原の通りに向かう。最近、辻斬りに怯えて、ひとりで夜道を行く人間はほとんどいない。だが、柳原の土手には夜鷹目当ての男が現れる可能性がある。

辻斬りはその男に目をつける可能性がある。

栄次郎はそう話した。

「そうですね。じゃあ、ここから私ひとりで歩きます。囮《おとり》になりますよ」

新八は緊張した声で言う。

「相手は相当な腕です」

「ええ、辻斬りが出たら、すぐに逃げ出しますよ」

新八は笑った。

金井十郎太だとしたら、逃げ出す間もなく、斬られる可能性もある。

「十分に気をつけてください」

「ええ、気をつけます」

さきに新八が柳原通りに入り、少し遅れて、栄次郎があとを追った。

土手にも、町方らしき黒い影が潜んでいた。各橋の袂の暗がりや、各通りの入口に町方が潜んでいるのがわかった。

その町方の目に、栄次郎と新八の姿が入っているはずだ。

和泉橋を過ぎた。まだ、辻斬りが出てくる気配はなかった。新八はさらに先に行く。

やがて、新シ橋の袂を過ぎ、左衛門河岸の対岸にやって来た。

栄次郎は周囲に注意を払った。暗がりから、いきなり辻斬りが現れ、新八を襲うかもしれない。

だが、何事もなく過ぎ、新八は浅草御門の近くで立ち止まった。栄次郎は新八に近づいた。

「どうしますか」

新八がきいた。

「戻りましょう」

栄次郎はなんとなく今通って来た道が気になった。

「じゃあ、行きます」

再び、新八が先に立った。はたして辻斬りは出るか。各所に町方の目が光っていることを、辻斬り犯とて気づいているのではないか。

別の場所を狙うかもしれない。だが、浜町堀にも町方が潜んでいるはずだ。今や、奉行所挙げて辻斬りに立ち向かっているのだ。

新八は柳原通りを行く。ふたり連れの職人が土手のほうに向かった。夜鷹を買いに行くのだろう。

新八は酔っぱらいを装い、ゆっくりした歩みだ。栄次郎は少し離れてついて行く。

土手のほうは漆黒の闇だ。

ふと、新八の足が止まった。

はっとして、新八の前方を注視する。黒い影が立っているのがわかった。新八が後退った。栄次郎は駆けだした。

近づくと、宗十郎頭巾の侍が剣を構えていた。

「待て」

栄次郎は宗十郎頭巾の侍の前に立った。

「とうとう出たか。待っていた」

栄次郎は溜まった思いを吐き出すように言った。

いきなり、相手が上段から斬りつけた。栄次郎も腰を落とし、抜刀した。相手は素早く身を翻し、栄次郎の居合をかわした。

まるで流れるような剣捌きだ。剣の動きも鋭く、早い。栄次郎は気を引き締めた。

相手は今度は正眼に構えた。栄次郎は刀を鞘に収め、再び相手と対峙した。今度は相手は慎重だった。

「なぜ、罪のない者たちを斬るのだ?」

栄次郎は問いつめた。

しかし、相手は無言だった。徐々に間合いを詰めてくる。

「そなた、まことの辻斬りか」

やはり、返事はない。

間合いが詰まった。栄次郎は左手で鯉口を切った。相手は頭上に剣を掲げた。胴が隙だらけになった。

相手は跳躍するように足を踏み込み、斬り込んで来た。栄次郎はとっさに反応し、右足を大きく踏み出しながら抜刀した。

体が入れ代わった。すぐに振り返って、相手を見る。栄次郎の左肩の着物が裂けていた。だが、相手も右腕から血を流していた。

辻斬りは後退った。いきなり、身を翻して、駆けだした。

「待て」

栄次郎は追った。すると、左右前方から提燈の灯が迫って来た。辻斬りは和泉橋に向かった。

そこに同心が立ちはだかった。

辻斬りは引き返した。再び、栄次郎と対峙した。

「観念せよ」

辻斬りの右手から血が滴り落ちている。もはや、剣を思う存分、振りまわすことは出来ないようだ。

だが、相手は左手一本で、栄次郎に斬りかかって来た。栄次郎は足を踏み込みながら抜刀し、相手の胴を斬る瞬間峰を返した。

辻斬りはうっと呻いて剣を落としてうずくまった。同心や町方が駆けつけて来た。

「矢内さま。やりましたね」

伊平は憎々しげに辻斬りを睨み付けた。

「伊平、縛り上げろ」

同心が伊平に言う。

伊平は手下とともに辻斬りを後ろ手に縛り上げた。それから、宗十郎頭巾を引っぱがした。痩せた浪人の顔が現れた。四十前後か。

目は落ちくぼみ、頬もこけている。病的な顔つきだ。栄次郎は声を失っていた。

金井十郎太ではなかった。違っていたことに、栄次郎は愕然とした。

だが、同心や伊平たちからはほっとしたため息がもれた。武士だったら、厄介な手続きを踏まなければならないが、浪人ならば奉行所で扱えるのだ。

「矢内さま。おかげでとうとうとっつかまえることが出来ました」

伊平が栄次郎に言った。

同心は栄次郎を無視して、

「よし、大番屋まで引っ立てよ」

と、高らかに言った。

伊平たちが去ったあと、栄次郎はひとりその場に佇んでいた。

栄次郎に何か釈然としないものが残った。が、それはなにゆえか。自分でもよくわからなかった。

「栄次郎さん。金井十郎太ではありませんでしたね」

新八が声をかけた。

「ええ」

栄次郎は力なく答える。

「やっぱし、天野京五郎は関係なかったんですかねえ。でも、納得いかないのは、京十郎の行動です。京十郎は夜の町をまわってました。あれは、京五郎が辻斬りだと睨んでのことだったと思ったんですが」

「新八さん。今の浪人の体型は私が見かけた宗十郎頭巾の侍よりずいぶん痩せています。やはり、辻斬りは今の男じゃありません」

「だとしたら、やはり、天野家から雇われた男ですか」

「ええ。ただ……」

栄次郎は戸惑った。

さっきの辻斬りの腕であれば、捕り方たちを蹴散らして逃げて行くことは可能だったはずだ。行く手を同心に遮られたからといって、どうして引き返して来たのか。

釈然としないのはこのことだったが、そのこと以外に何か納得いかないものがあるのだ。それが何かと、またも栄次郎は考えた。

「あの侍、ほんとうのことを話すでしょうか」

新八が気にした。

「いえ、自分がすべての罪を背負って行くかもしれません」

もし、あの男が一連の辻斬りはすべて自分の仕業だと告白したら、奉行所はためらうことなく信じてしまうだろう。

「それにしても、恐ろしい相手でした。すぐに、斬りかかって来なかったからよかったものの、いきなり斬りつけられたらどうなっていたかわかりませんでした」

新八が身をすくめて言った。

「どうして、すぐに斬りつけなかったのでしょうか」

栄次郎は聞きとがめてきいた。

「さあ。こっちが恐怖心に打ち震えるのを見て、楽しんでいたんですかねえ」

いや、そうではない。すぐ斬りつけなかったのには他にわけがあるのではないか。

「そもそも、なぜ、あの場所に現れたのでしょうか」

「どういうことですかえ」

新八が訝しくきいた。

「見張りが厳重な場所なのに、なぜ強引に……」

栄次郎はやはり、あの浪人には何か秘密があると睨んだ。

急に、寒さが足元から襲って来た。

「引き上げましょうか」

新八が声をかけた。

「ええ」

栄次郎は答えてから、

「そういえば、船を操った男はどこに行ったんでしょうか」

いつの間にか、船を漕いだ男のことは忘れ去られていた。

栄次郎は寒々とした星空を見上げた。

屋敷に帰ってから、栄次郎は兄の部屋にまっすぐ行った。遅い時間だが、兄の部屋から灯がもれていた。

「兄上。起きていらっしゃいますか」

栄次郎は声をかけた。

「うむ。入れ」

中から声がし、栄次郎は襖を開けた。

兄は小机に向かって書物を読んでいた。

栄次郎が少し離れた場所に座ると、兄は体の向きを変えた。

「どうした？　そんな怖い顔をして」

兄が訝しげにきいた。

「辻斬りが捕まりました」

「なに、辻斬りが捕まったと？」

兄は瞬間、哀しげな表情になった。だが、すぐに元の厳しい顔に戻り、

「まさか、栄次郎は辻斬りの探索をしていたのではあるまいな」

と、叱責するようにきいた。

「申し訳ございません」

「なんと」

兄は首を横に振った。

「少しでも、兄上のお役に立てたらと思ったのですが」

「栄次郎。危険な真似はやめるのだ。よいな」

「はい」

「まあ、すんでしまったことは仕方ない。で、どうやって、捕まえたのだ？」

「はい。新八さんを囮にして柳原通りに……」

栄次郎は今夜の様子をつぶさに話した。

兄は黙って聞いていた。そして、最後にしんみりと言った。

「そうか、捕まったか」

栄次郎は兄の目に悲しみの色が浮かんだのを見逃さなかった。なぜ、そのような目をしたのか。

天野京五郎を疑ったばかりに己の道を誤ったという後悔に襲われたのか。しかし、兄は口を真一文字に結んでいた。

「そのことだけをお知らせしようと思いまして。では、失礼します」

栄次郎が立ち上がると、

「栄次郎、ごくろうだった」

と、兄はため息まじりに言った。


数日後、栄次郎はお秋の家で、崎田孫兵衛から辻斬りの吟味の模様を聞いた。

「あの辻斬りは名を大庭磯之進《おおばいそのしん》といい、西国のさる藩の浪人で、もう江戸に来て十年になるらしい」

孫兵衛は盃を片手に口を開いた。

「十年ですか」

「国にいるとき、許嫁の女が殿さまに見初められて側女《そばめ》にあがらなければならなくなったので、ふたりで国を出たらしい。江戸に出て来たものの、妻女は病気に罹り、二年前に亡くなり、本人も病に蝕まれてきた。自分ばかりに不幸が舞い込むことに自棄になり、ひとを斬りたくなったのだと話していた」

「自分から進んで話したのですか」

「問われるままに、素直に話している」

孫兵衛は盃を口に運んだ。

「六件の辻斬りも認めているのですか」

「ああ、認めた。最初は、左衛門河岸で歩いて来る浪人がいたので、すれ違い様に斬り捨てたということだ。ふたり目は商家の番頭ふうの男と出会ったので斬ったという」

「三人目の多吉についてはなんと言っているのですか」

栄次郎がきくと、孫兵衛はじろりと睨み、

「なんで、そんなに根掘り葉掘りきくのだ？」

と、不快そうな顔をした。

「六人も殺した男です。どうして、罪もなきひとびとを斬り続けたのか、そのわけが知りたかったのです」

栄次郎は訴えた。

「ふうん」

孫兵衛は気のない返事をした。

「崎田さま」

栄次郎はなおも訊ねた。

「三人目の犠牲者の多吉について、なんと話しているのですか」

「変わったことはない」

「変わったことはないと仰いますと？」

「三人目も、待ち伏せているところに現れたから斬ったということだ」

孫兵衛が面倒くさそうに答える。

「三人目の多吉が斬られた場所はいつもは通らない場所なのです。辻斬りが、そこまで誘い込んだとしか考えられません。そのことを確かめていただけませんか」

「取調べは吟味与力が行っている」

「では、吟味与力に今のことをお話しになってくださいませぬか」

「そこまでする必要はない」

「なぜでございますか」

「なぜだと？」

孫兵衛は盃を呑み干してから、

「よいか。自白しているのだぞ」

「嘘の自白の可能性もあります」

「獄門になるかもしれないのに、自分が下手人だと嘘をついていると言うのか。ばかばかしい」

孫兵衛は吐き捨ててから冷笑を浮かべた。

「奉行所では、最初の犠牲者から辻斬りが出た日の大庭磯之進の行動を確かめたのでしょうか」

栄次郎はめげずにさらにきく。

「どういうことだ？」

「六件とも大庭磯之進の仕業かどうか……」

「奴が自白している。犯行日時も場所も、はっきり答えている。それに、六人目の殺しの現場に落ちていた印籠は奴のものだとわかった。疑う余地はあるまい」

孫兵衛は一笑に付した。

犯行日時や場所はあとから調べることが出来る。印籠はわざと落としたのだ。

多吉殺しの件の真相は京五郎しか知らないのだ。だから、大庭磯之進も知りようがないだろう。

少なくとも、多吉殺しは大庭磯之進ではないということだけは言える。だが、奉行所は辻斬りの犯人は大庭磯之進だと思い込んでしまっている。

よほど、孫兵衛に天野京五郎のことを打ち明けようかと思ったが、証拠はないのだ。

孫兵衛が信じるとは思えない。

このまま、吟味が続き、大庭磯之進が辻斬り犯ということになれば、御徒目付組頭も兄の失態を認め、改めて正式に御徒目付の職を解かれることになってしまうだろう。なんとしてでも、辻斬り事件の隠された真実を追及しなければならない。

「大庭磯之進も病に冒されているということでしたね。どこの医者にかかっていたのですか」

「知らぬな。吟味与力は知っているだろうが、俺は聞いてない」

「どこをやられているのですか」

「腹に出来物があるらしい」

「住まいはどちらかわかりますか」

「ずいぶん熱心だな」

孫兵衛は呆れたように言い、

「確か、千駄木《せんだぎ》村の百姓家の離れだ」

「千駄木村ですね。わかりました。もうひとつよろしいでしょうか」

「なんだ?」

孫兵衛はうんざりした顔をした。

「一度、辻斬りは船で逃げたはずですが、そのことを問いただしたかどうか、わかりますか」

「大番屋での取調べのとき、同心が問うた。船は使っていないということだった。辻斬りは自分ひとりでやったということだ。さあ。もうおしまいだ。せっかくの酒が不味《まず》くなる」

孫兵衛は露骨に顔を歪めた。

うんざりしたのか、栄次郎が暇《いとま》をつげても、孫兵衛は引き止めなかった。

お秋に見送られて、栄次郎はすっかり寒くなった夜の町に出た。星が寒々と輝いていた。

第四章　報　恩

一

翌日は朝から冷たい雨が降っていた。高下駄を履き、唐傘を差して、栄次郎は屋敷を出た。

すでに、大庭磯之進が辻斬りの犯人ということを、誰ひとり疑う者はないようだった。ただ、栄次郎だけは承服出来なかった。

兄の名誉を回復したいという思いだけでなく、真実を明らかにしなければ殺された者が浮かばれないという思いが、栄次郎を突き動かしていた。

加賀前田家の広大な屋敷の前を通り、根津権現の裏を行き、千駄木にやって来た。道はぬかるみ、背中や肩にも冷たい雨が降りかかる。

田畑が雨に煙って霞んで見える。栄次郎は、ようやく目指す百姓家を見つけた。まっすぐ母屋に向かう。入口に立ち、傘をすぼめてから、戸を開ける。薄暗い土間の奥に向かって声をかけた。

すぐ横から返事があった。いろりを囲んで、何人かが座っていた。土間の奥では、ふたりの男が藁を打っている。

「どちらさまで」

小肥りの女が立ち上がって来た。

「私は矢内栄次郎と申します。こちらの離れに、大庭磯之進どのが世話になっていたと伺い、少しお話を聞かせていただきたく参りました」

「入っておもらい」

いろりのそばから声がした。

「どうぞ」

女が中に招いてくれた。

「あいにくの雨の中をごくろうなことで」

歯の欠けた年寄りが上がり口まで出て来た。

「どうぞ、おかけください」

「それでは、失礼します」

栄次郎は上がり框に腰を下ろした。

「大庭さまのことはご存じでございましょう」

年寄りは先に言った。

「辻斬りをしていたということですが、私どもには信じられないことです。あのような立派な御方がそのようなことをするなんて」

「大庭どのは、そんなに夜、外を出歩いていたのですか」

「いえ、気づきませんでした。出て行ったのだとしたら、私どもが眠ってしまったあとでございましょうが」

早く戸締りをしてしまうので、離れのことはわからないと、小肥りの女も言った。

「それに、大庭さまは最近は床に就いていることが多うございました。夜、歩き回るほどの元気があったとは信じられません」

年寄りは目をしょぼつかせて言う。

「大庭どのの病状はどんなだったのですか」

「お医者さまは、あと半年持てばいいほうだと仰ってました」

「そんなに悪かったのですか」

迫る死に怯え、辻斬りに走ったと、奉行所のほうは考えたのかもしれない。

「一昨年、おかみさんを亡くし、大庭さまもご不幸なことでした」

「大庭どのがこちらの離れに来られたのはどういう縁ですか」

「『近江屋《おうみや》』の旦那さまから頼まれたのでございますよ」

「『近江屋』？」

「神楽坂にある紙問屋でございます。じつは、娘が昔、乳母としてお屋敷に上がっておりました。そのことから、おつきあいをさせていただいております。その『近江屋』の旦那から、離れを貸して欲しいと頼まれたのでございます」

「それはいつのことですか」

「五年ほど前です」

「では、御夫婦でお住まいだったのですね」

「はい。でも、おかみさんは寝ていることが多うございました。気分のよいときには、おふたりで近くを散策などなさっておりました」

「どうぞ」

小肥りの女が湯呑みを置いた。

「申し訳ありません」

栄次郎は恐縮して言う。

土間の隅では、藁を打つ音が続いている。草鞋《わらじ》を作っているようだった。

「大庭どのを訪ねてくるひとはありましたか」

「訪ねて来るのは『近江屋』の旦那か使いのひとでした」

小肥りの女が答えた。

「大庭どのは食事はどうされていたのですか」

「私どもで支度をさせていただきました」

「不躾《ぶしつけ》なことをお伺いしますが、食事代などは？」

「『近江屋』の旦那から頂戴しておりました」

『近江屋』は何からなにまで大庭磯之進夫妻の面倒を見てやっていたようだ。

「『近江屋』の旦那と大庭どのはどのような関係なのでしょうか」

「『近江屋』の旦那は、困っているひとを助けてやるのは当たり前のことと仰っておいででした」

「そうですか」

やはり、『近江屋』に話をきかなければわからない。

栄次郎は茶を馳走になってから、立ち上がった。

「お邪魔しました」

「へえ、どうぞ、お気をつけて」

小肥りの女に見送られ、栄次郎は雨の中を引き上げた。


ぬかる道に難渋しながら、栄次郎は神楽坂までやって来た。

神楽坂といえば、天野京五郎が居候をしていた松木秀峰という医者の家がある。紙問屋『近江屋』は松木秀峰の家とはそう離れていない場所にあった。

手応えを感じながら、栄次郎は『近江屋』の店先に立った。

手代らしき若い男が近寄って来た。

「私は矢内栄次郎と申します。大庭磯之進どののことで、ご主人にお目にかかりたい。どうぞ、お取り次ぎをお願いします」

「はい。少々、お待ちください」

手代は奥に引っ込んだ。

すぐに、手代が戻って来た。

「どうぞ、こちらへ」

手代は栄次郎を店の中に招じた。そして、そのまま通り庭を通って、台所を通った。

庭に雨が落ちている。

台所の隅に女中が待っていた。濯《すす》ぎの盥《たらい》を用意してあった。

「どうぞ、お使いください」

女中が言う。手代は去って行った。

栄次郎が当惑していると、年配の女中は、

「旦那さまから客間にお通しするように言われておりますので」

と、言った。

栄次郎は言われたとおりに足を濯ぎ、板敷の間に上がった。

今度は女中が廊下伝いに客間に案内してくれた。

そこで待っていると、白髪の老人がやって来た。眉毛も白く、落ち着いた風格がある。

栄次郎の真向かいに座り、

「近江屋与右衛門《よえもん》にございます」

と、挨拶した。

「私は矢内栄次郎と申す者。大庭磯之進どののことで、少々お訊ねしたくやって参りました」

「さようでございますか。大庭さまには、たいへんなことを仕出かし、たいそう驚き、心を痛めております」

「近江屋さんと大庭どのはどのようなご関係なのでしょうか」

栄次郎はきいた。

「五年ほどまえ、寄合の帰りに辻強盗に遭いました」

「辻強盗？」

「はい。ですが、相手は本気で斬る気はないようなので、ばかな真似はやめろと諭しました。すると、辻強盗は家内が病に臥し、薬代がいると言いました」

「その辻強盗が大庭どのだったのですか」

「そうです。そのことがきっかけで、大庭さまと知り合いました。当時、大庭さま夫妻は裏長屋の汚いところに住んでいたので、これでは病気はよくならないと思い、千駄木の百姓家の離れを使わせてもらったのです」

「それから、ずっと世話を続けて来たのですね」

「そうです」

「なぜ、そこまでなさったのですか」

「困っているのを見るに見かねたのでございます。残念ながら、おくさまは一昨年にお亡くなりになりました。残された大庭さまは、そうとう気落ちなさいました。そのうえ、大庭さまの体を病魔が蝕みはじめていたんです」

近江屋は表情を曇らせた。

「今度の辻斬りを、どうみているのですか」

「正直、驚きました。おくさまを亡くされ、また自分も病に冒され、寂しかったのでしょう。だんだん、心も冒されていったのかもしれません」

「大庭どのが辻斬りをしていたと思いますか」

栄次郎は鋭くきいた。

「そうではないのですか。奉行所のお役人から間違いないと聞いておりますが」

「大庭どのの仕業だとしたら、いささか腑に落ちないことがあります」

「はて、それは？」

近江屋は細い目を光らせた。

「まず、千駄木からわざわざ神田界隈まで出張っての犯行。病身の大庭どのにとっては、かなりきついことではなかったでしょうか」

「さあ、それはどうでしょうか。辻斬りをするなら、住んでいる場所から遠いところを選ぶのが自然でしょうし、いくら病身といっても、そのくらいの体力はあったのではないでしょうか」

「じつは、私は一度辻斬りの犯人を見かけているのです。その背格好と大庭どのは違います」

「………」

「さらに、その辻斬りは船で逃げました。しかし、大庭どのは船を使っていない」

「お言葉を返すようですが」

近江屋は静かに切り返した。

「矢内さまが見かけたのはほんとうに辻斬りの犯人だったのでしょうか。失礼とは存じますが、まったく無関係のひとを辻斬りと見立ててしまったのではございませんか」

「そればかりではありません」

近江屋の反論を無視して、栄次郎は続けた。

「多吉という男は、いつもは通らない場所で斬られていました。辻斬りは多吉と顔見知りだったと思えるのです。だから、多吉は辻斬りのあとについて行った……」

「しかし、矢内さま。奉行所のほうはそうは見ておりませんが」

近江屋は微かに冷笑を浮かべた。

「近江屋さんは、旗本の天野三右衛門どのとは親しいのでしょうか」

一瞬、近江屋の顔つきが変わったが、すぐ表情を戻し、

「はい。お屋敷に出入りをさせていただいております」

と、警戒気味に答えた。

「では、先日、天野京五郎どのが変死されたのをご存じですね」

「はい。急病にてお亡くなりになられたと」

「以前より、どこかお悪かったのでしょうか」

「心の臓にときたま痛みが走ると仰っていました。そんなこともあって、京五郎さまは松木秀峰先生の家で過ごされていたようでございます。いわば、治療の一環と申しましょうか」

まるで、用意してあったかのような答えだ。

「なるほど。すると、京五郎どのの急死は心の臓がいけなかったということですね」

「詳しいことは秀峰先生にお聞きください。私はそのように理解しております」

「ところで、大庭磯之進どのと妻女どのは松木秀峰先生に診ていただいたこともおありなのですね」

近江屋は栄次郎の顔色を窺うようにして、

「ええ、千駄木に移る前まで診ていただきました」

と、慎重に答えた。

大庭磯之進と天野三右衛門は近江屋を介してつながっている。大庭磯之進に因果を含め、辻斬りの犯人に仕立てることは、近江屋には可能ではないか。栄次郎はそう確信したものの、ただそういうことも考えられるというだけで、そうだったという証拠はない。

だが、今はそれだけで十分だった。

「突然、押しかけて失礼なことばかりお訊ねして申し訳ございませんでした。いろいろ、参考になりました」

「参考に？」

近江屋が聞きとがめた。

「いえ、お気になさらないでください」

栄次郎はわざと意味ありげな態度をとった。近江屋に不安を植えつけさせる。それが、狙いだった。

何か言いたそうだったが、近江屋は諦めたように口をつぐんだ。

栄次郎は立ち上がった。

栄次郎は神楽坂を下り、神田川沿いに出て東に向かった。

雨はさらに激しくなって、傘を激しく叩き、道はますますぬかるみ、水たまりも出来て、歩くのに苦労した。

だが、雨に負けているわけにはいかなかった。金貸し源兵衛と井波重太郎との関係を見つけ出さなければならない。

女かもしれないと思ったのは、井波重太郎が情婦に貢いでもらっているらしいという長屋の年寄りの話からだ。

新八は、源兵衛を見張っているはずなのだ。

昌平橋を渡り、神田岩本町に向かう。こんな雨の日でも、用事があるのか、傘を差した通行人がかなりいた。

岩本町に入った。源兵衛の家を見通せる下駄屋の横の路地に新八が身を隠していた。

栄次郎は傘をすぼめ、路地に入った。

庇から激しく雨が流れ落ちている。

「ゆうべも、源兵衛は出かけませんでした。でも、こんな雨の日は、商売も暇そうなので出かけるかもしれませんぜ」

新八は源兵衛の家を見つめて言った。

その源兵衛が店から出て来た。

「出かけますぜ」

「じゃあ、新八さんのあとを追います」

「へい」

新八は傘を差して通りに出た。

源兵衛は小伝馬町のほうに向かった。そのあとを新八が行く。栄次郎も傘を差し、通りに出た。

源兵衛は牢屋敷の脇を行く。栄次郎は牢屋敷の横を歩きながら、大庭磯之進のことに思いを馳せた。

大庭は夫婦ともに世話になった近江屋与右衛門の頼みを断りきれなかったのだ。そんなやり方が通るのか。

単に、辻斬りの身代わりにしただけでなく、大庭磯之進にひと殺しをさせている。そのほうが、ほんとうの辻斬りらしく見せることが出来るからか。

大庭磯之進は今、牢獄でどんな思いでいるのか。

ただ、その一方で、気にかかることがある。大庭磯之進が斬った春吉が金貸し源兵衛のところの取り立て屋だったことだ。さらに、源兵衛が最初の辻斬りの犠牲者井波重太郎と関わりがある可能性がある。

そこに、辻斬りが天野京五郎である証《あかし》があるかどうか。

新八が堀留町に入ったところで足を止めた。おそらく、源兵衛が辺りを見回したのだろう。再び、新八が歩きだした。

新八は路地の手前で立ち止まった。栄次郎は近づいた。

「あの家に入って行きました」

新八は格子造りの小粋な家を見ていた。妾宅にふさわしい家だった。

井波重太郎も、この家に出入りをしていたのではないか。栄次郎は、そのことを新八に話した。

「明日になったら、近所をきいてまわります」

雨が上がらないと、住人は外に出て来ない。

「井波重太郎が出入りをしていることがわかったら、女に会ってみましょう」

栄次郎は言い、

「きょうはもういいでしょう。引き上げましょう」

と、新八を促した。

「へい」

ふたりは引き返した。

「それにしても、よく降りますね」

新八がうんざりしたように言う。何度も水たまりに足を突っ込み、ぬかるみに足をとられそうになった。

雨が激しくなって、さすがに往来を行き来するひと影も少なかった。

「すべて、雨が上がってからですね」

栄次郎はうらめしそうに雨脚を見つめた。


その日は早々と屋敷に帰った。

台所で、濡れた着物を拭き、足を濯いで部屋に行った。

兄は部屋に閉じこもりきりらしい。栄次郎は、自分の部屋に入ったものの、気になって兄の部屋に行った。

「兄上、よろしいでしょうか」

栄次郎は襖の前で声をかけた。

「入れ」

「失礼します」

栄次郎は襖を開けた。

兄は障子を開けて、柱に寄り掛かり、庭に目をやっていた。

「兄上。寒くないのですか」

腰を下ろして、栄次郎はきいた。

「雨の庭も風情がある」

「兄上。新八さんから聞きました。十両のこと」

「なんだ。新八め。あれほど口止めしていたのに」

兄は別に憤慨しているわけではない。

「このような雨だと、暇だろうな」

兄が遠くを見るように言った。

「行ってみますか」

深川の遊女おぎんのところだ。

「謹慎の身で、それは出来ない。そうだ、明日にでも、俺の代わりに行って来てくれないか」

「兄上の代わりですって」

「そうだ。皆の元気な顔を見てきてくれ」

「兄上のことはなんと言いましょうか」

「そうだな。仕事が忙しく、ほとんど城内に泊り込んでいると伝えてくれ」

「こっそり抜け出して、ふたりで行きませぬか」

「栄次郎。そそのかすな。まずい」

兄は立ち上がり、障子を閉めた。

突然、雨音が小さくなった。そのときになって、いかに雨脚が激しかったかに気づいた。

改めて、栄次郎は兄と差し向かいになった。兄は暗い表情をしていた。何を考えていたのだろうか。

二

翌日、栄次郎は鳥越の師匠のところで稽古をし、そのあと、お秋の家の二階で過ごした。きょうは、新八が源兵衛の妾のことを調べているはずだ。

その新八が夕方になってやって来た。

「どうでしたか」

栄次郎は気が急いてきいた。

「妾はおとよと言い、二十七歳。水茶屋に勤めていた女です。あの家には二年前から住んでいるようです」

新八は近所で聞き込んで来た話をした。

「源兵衛は三日に一度は訪れているようです。で、井波重太郎ですが、若い浪人が出入りしていました。近所の者には、兄だと話していたようです」

「やはり、女を介して源兵衛と井波重太郎はつながっていたのですね」

栄次郎はあと少しだと思った。あと少しで、辻斬りの真相に手が届く。心の昂《たかぶ》りを抑えて、

「これで、源兵衛と天野京五郎のつながりがわかれば……」

と、呟くように言った。

「金貸し源兵衛のところに、天野京五郎は金を借りに行ったんじゃないでしょうか」

新八も昂奮していた。

「その可能性は十分にありますね」

栄次郎も応じる。ただ、それをどうやって突き止めるか。源兵衛はほんとうのこと

を言うはずがない。

「いずれにしろ、源兵衛が井波重太郎の存在に気づき、京五郎に殺しを依頼したという図式になるでしょう」

問題は、やはり源兵衛と天野京五郎のつながりだと、栄次郎は思った。

が、そのことをどうやって調べるか。またも、そのことに悩んだ。

ふと、登場人物がひとり欠けていることに気づいた。いうまでもない。船を漕いだ男だ。宗十郎頭巾の男は、それは天野京五郎に間違いないが、昌平橋の下から小舟で逃げた。その小舟を操っていた男がどこかにいるのだ。

だが、源兵衛が井波重太郎殺しを天野京五郎に依頼したことを考えると、奉公人の春吉が気になる。

「ひょっとして春吉が……」

覚えず、栄次郎は呟いた。

「春吉ですって」

新八がきいた。

「えっ？」

栄次郎は無意識のうちに呟いていたことに気づいた。

「ああ、すみません。じつは、船頭のことを考えていたのです」

「船頭って、辻斬りを乗せた小舟の？」

「そうです。それが春吉だったのではないかと思ったのです」

「十分に考えられますね。ところが、春吉は大庭磯之進の辻斬りに斬られました。これは、運命の皮肉というわけでしょうか」

「いや、口封じです。春吉の口から真相が漏れる危険性がある。これは一石二鳥です。京五郎の亡くなったあとに辻斬りが起これば、完璧に京五郎への疑いは消えます。そのあと、大庭磯之進はわざと捕まったのではないでしょうか」

「なるほど」

「春吉の前身を調べてみる必要があります。源兵衛のところで働くようになる前はどこにいたのか」

「わかりました。やってみましょう」

「時間がありません。このままでは、大庭磯之進は磔獄門《はりつけごくもん》になるはずです」

そのとき、階下から大きな声が聞こえた。新八が聞き耳を立て、それから障子を開けて廊下に出た。

顔をしかめて戻って来た。

「崎田の旦那が突然、押しかけたようです」

新八は当惑ぎみに言う。

「今夜は来る予定ではないはずですが」

栄次郎は小首を傾げた。

「しょうがありません。あっしは、こっそり引き上げます」

「残念ですね。どうしても、崎田さんといっしょの夕餉は無理ですか」

「ええ。食った気がしません。どうも、八丁堀の旦那方は苦手です。これも習性《ならいしょう》ってやつでしょう」

新八は苦笑した。

しばらくして、お秋が呼びに来た。

「食事の支度が出来ました。新八さん、ごめんなさい。きょうは来るはずじゃなかったんですけど」

お秋が両手を合わせて詫びた。

「いや、構いませんよ。もう少ししたら、黙って引き上げますから」

「また、明日、来てくださいね」

そう言ったあと、お秋は栄次郎に顔を向けて、

「栄次郎さんはだいじょうぶでしょう」

と、確かめた。

「ええ、ご馳走になります」

「ああ、よかった」

安堵したように顔を綻ばせて、お秋は先に部屋を出て行った。

「お秋さんはほんとうに栄次郎さんのことが好きなようですね」

「実の弟のように思ってくれているんですよ」

「さあ、どうですかねえ」

新八は意味ありげに笑った。

「新八さん。妙にとらないでくださいな」

「へい、すいやせん」

笑いながら答えて、新八は立ち上がった。

階下に下りて、そっと土間に向かった新八に目顔で別れの挨拶をし、栄次郎は居間に入った。

長火鉢の前で、崎田孫兵衛はふんぞり返っていた。

だが、栄次郎の顔を見たとたん、顔を歪めた。前回、大庭磯之進のことで執拗に質問した。そのとき、孫兵衛はうんざりしていたのだ。

「今宵は例の話題は……」

大庭磯之進の話はするなと言い出したので、栄次郎は強引に相手の声を遮って、

「崎田さま。大庭磯之進の吟味はいつごろ終わりそうなのですか」

と、迫るようにきいた。

気圧《けお》されたように、

「三日後に、お白州での取調べがある。そこで決着だ」

お白州での取調べは、最後にお奉行が直々《じきじき》に行う。が、すでに吟味与力の段階で、取調べは済んでいるのだ。

「ずいぶん、早いです。まだ、そんなに吟味は行われていないのではないですか」

「いや。大庭磯之進はすっかり観念し、すらすら喋っており、吟味はまったく問題なく行われた。それに、世間を震撼させた辻斬り事件だ。早く、決着をつけて処罰しなければならぬのだ」

孫兵衛は怒ったように言った。

「崎田さま。お願いです。大庭磯之進は身代わりの可能性があります。そのことを

「……」

「何を世迷い言を申すのか」

孫兵衛が鋭く口をはさんだ。

「大庭磯之進が辻斬りであることは明白なのだ。そうではないと言うのなら、誰の身代わりだと言うのだ。言ってみろ」

孫兵衛の口調が乱暴になった。

「それは……」

「それみろ。言えぬではないか」

勝ち誇ったように口許に冷笑を浮かべ、

「よいか。もう、よけいなことを言うな」

「崎田さま。どうか、私を大庭磯之進と会わせていただくわけにはまいりませんか」

栄次郎は訴えた。

孫兵衛は目を丸くしていた。

「私は辻斬りに遭遇しているのです。でも、体つきは大庭磯之進とは違いました。別人です」

「矢内どの。いくら、そなたが御徒目付の弟であろうが、奉行所に口出しは僭越であろう。そのようなことが出来ると思うのか」

「無理を承知でお頼みしているのです。このままでは、大庭磯之進は辻斬りの汚名を着たまま処刑されてしまいます。取り返しのつかないことに……」

「無理だ。常識で考えろ」

孫兵衛が声を荒らげた。

驚いて、お秋が顔を覗かせた。

「この男をつまみ出せ」

孫兵衛が顔を真っ赤にして怒鳴った。

「旦那」

お秋がとりなそうとした。

「つまみ出さないのなら、わしが帰る」

孫兵衛は立ち上がった。

「お待ちください。帰ります」

栄次郎は力なく立ち上がった。

お秋が追って来た。

「栄次郎さん」

「すみません。私がいけないのです、無理難題を申し入れて。崎田さまに、私が謝っていたとお伝えください」

そう言い残し、栄次郎はお秋の家を飛び出して行った。

自分は焦っているのだ。大庭磯之進がこのまま処刑されれば、兄は正式に御徒目付の職を解かれるであろう。

旗本天野家は元凶の京五郎を排し、罪を大庭磯之進になすりつけ、平然としている。そのようなことは許せない。

たとえ、大庭磯之進を問いつめても真実を語るかどうかわからない。世話になった近江屋与右衛門を裏切る真似はしないだろう。

それに、大庭磯之進の余命は半年だという。そのことも、近江屋の頼みを受け入れた理由だろう。

しかし、余命半年であろうが、残された人生を人間らしく、心穏やかに過ごすことは当然のことだ。誰も、大庭磯之進からそれを奪ってはならないはずなのだ。

もちろん、大庭磯之進は春吉を殺している。その罪は免れない。しかし、そこには情状が酌まれるはずだ。間違っても、獄門などにはなるまい。場合によっては、遠島で済むかもしれない。

冷気が体を包む。栄次郎は彷徨うように夜の町を歩いた。

三

翌朝、早々と屋敷を出て、新八の住まいに寄った。だが、新八はすでに出かけたらしく、留守だった。

新八のことだから、もう春吉のことを調べに行ったに違いない。栄次郎も、すぐに神田岩本町にある金貸し源兵衛の家に向かった。

冬晴れの空気は冷たいが陽光の暖かい日だった。昌平橋を渡ったところで、春吉が斬られた辺りに目をやった。

弱々しい陽差しを受けて、冬枯れ前の草むらを白く照らしていた。大庭磯之進はどんな思いで、春吉を斬り捨てたのであろうか。

いっとき、大庭磯之進に思いを馳せてから、再び栄次郎は先に急いだ。

岩本町にやって来て、金貸し源兵衛の家の前に立った。そこに、小禄の武士の妻女らしい女が暖簾をくぐって出て来た。

栄次郎に気づくと、きまり悪そうに顔を背け、小走りになった。金を借りて来たのだろう。

新八は春吉の住んでいた長屋の住人に当たっているのかもしれない。そっちに向かってみようかと思っていると、新八がやって来るのに出会った。

「栄次郎さん」

新八が駆け寄った。

「わかりましたぜ。春吉は銚子の出身だそうです」

「銚子？　港町ですね」

「そうです。春吉には深川に馴染みの女がいたそうで、会って来ました。女の話では、小さい頃から船に乗っていたそうですが、あるとき、漁師と喧嘩をし、大怪我を負わせ、銚子を飛び出したってことです」

「これで、ますます京五郎を運んだ船頭は春吉だと考えられますね」

栄次郎は満足げに言い、

「今、武士の妻女らしい婦人が源兵衛のところから出て来ました。金を借りに来たのでしょう。天野京五郎も源兵衛のところに出入りをしていたのでしょう。それが、確かめられれば、すべてがつながります」

「栄次郎さん。そいつがだめなんです」

新八が表情を曇らせて言う。

「だめとは？」

「京五郎は源兵衛のところに出入りをしていないんです」

「…………」

「源兵衛のところにやって来るのは浪人か町人で、武士がやって来ることはないそうです。源兵衛のところの番頭の話ですから、どこまで信用していいかわかりませんが、近所できいても、武士の出入りを見たことはないってことです」

「そうですか」

栄次郎は落胆した。が、すぐ気を取り直し、

「春吉はどういう縁で、源兵衛の店に働きに来るようになったんでしょうね」

と、疑問を口にした。

「なんでも、何年か前の神田祭の宵に、酔っぱらい同士の喧嘩があり、ひとりで五人ぐらいの男をやっつけたのが春吉だったそうです。たまたま、源兵衛がそれを見ていて、声をかけたってことです。これも番頭から聞きました」

「春吉と京五郎がどういう関係だったかわかりませんが、思い切って源兵衛の妾に会ってみましょうか。妾が井波重太郎の死をどう理解しているのかが気になります。お

そらく、ほんとうに辻斬りに斬られたと信じ込んでいるのかもしれません」

妾はおそらく中年のずんぐりむっくりの源兵衛より、浪人とはいえ、若くて凛々しい井波重太郎に気持ちを傾かせていたはずだ。その可愛い間夫《まぶ》斬殺の裏に、源兵衛がいると知ったらどうなるか。

「わかりました。さっそく行きましょう。きょうは、順番からいえば、源兵衛が妾のところに行く日ではありません」

栄次郎と新八は堀留町に向かった。

妾のおとよの家に密かに若い浪人が出入りしていることを、新八は聞き出していた。その浪人が井波重太郎であることはほぼ間違いないはずだ。

おとよの家の格子戸の前に立った。栄次郎と新八はおとよに会う前に示し合わせたことがあった。

新八は栄次郎に目顔で合図をし、格子戸を開けて、大声で呼びかけた。

「おとよさん、いらっしゃいますか」

はいと返事がして、住み込みの婆さんが現れた。

「あっしは新八と言います。こちら、井波重太郎さまのご友人で栄次郎さまです。おとよさん、いらっしゃいますかえ」

奥に聞こえるように大きな声を出した。

婆さんが呼びに行くまでもなかった。薄暗い奥から、色白の首の長い女が現れた。少し気だるそうな仕種が、あだっぽい雰囲気を醸し出していた。

「私がおとよですが、重太郎さんの友人ってほんとうのことなんですかえ」

半信半疑の顔つきで、おとよはきいた。井波重太郎から聞いたことがないと、疑っているのだろう。

「たぶん、重太郎どのからは聞いていないでしょうね。私たちはちょっとしたことで、仲違いをしてしまった仲ですから」

栄次郎は嘘を通した。

「じつは、旅に出ていて、重太郎どのが死んだことを知らなかったのです。帰ったらぜひ仲直りしようと思っていたら、辻斬りに斬られたという。重太郎どのがほんとうに辻斬りに斬られたのか、私は調べてみました」

「ちょっとお上がりくださいな」

おとよは栄次郎と新八を入口の横にある小部屋に上げた。

そして、婆さんに向かって、

「ちょっと、買物にでも行って来ておくれ」

と言い、家から追い出した。

改めて、おとよと向かい合った。

「さっきのことですけど、重太郎さんは辻斬りにやられたんじゃないんですかえ」

「ええ、どうも誰かから狙われたようです」

「誰に？」

おとよは訝しげな目を向けた。

「あなたは、金貸し源兵衛の世話を受けているのですね」

「ええ」

「その一方で、重太郎どのともつきあっていた。そうですすね」

「ええ、まあ」

おとよは不貞腐《ふてくさ》れたように答えた。

「源兵衛は、重太郎どののことを気づいていたんですか」

「気づいちゃいませんよ。そこは、ちゃんとうまくやっていたんです」

ふとおとよが涙ぐんだのは、重太郎のことを思い出したのだろう。

「はたして、そうだったんでしょうか。源兵衛は気づいていたんじゃありませんか」

栄次郎は言った。

「えっ、まさか。そんなはずはありませんよ」

おとよは当惑したような顔をした。

「源兵衛が来ない日に、重太郎どのがここにやって来ていたんですね」

「ええ。あんな因業おやじひとりに囲われているなんてまっぴらでしたからね」

おとよは不快そうに言う。

「重太郎どのはあなたから小遣いをもらっていたそうですね」

栄次郎は、あたかも井波重太郎から聞いていたように言った。おとよは、栄次郎の言葉を信じているようだった。

「とにかく仕官の道が開けるまでは助けてやらなくてはと思って」

「仕官？」

「ええ。重太郎さんは仕官出来るかもしれないと言っていたんです」

「おとよさん」

新八が口をはさんだ。

「重太郎さんは仕官の話をしていたんですかえ」

「ええ、そう言ってました」

「そうですか」

新八は頷いた。

「どうしたんですか」

おとよが訝しげにきいた。

「いえ、なんでもありません」

新八が答えた。

「いやだわ。なんだか、すっきりしないわ。ちゃんと話してくださいな」

「重太郎どのは仕官する気はなかったと思います」

栄次郎ははっきり言った。

「嘘です」

おとよは怒ったように言った。

「どこに仕官するかもしれないと言っていたのですか」

「詳しいことは聞いていません」

「ところで、源兵衛のところにいた春吉という男をご存じですか」

栄次郎は話を変えた。

「何度か、ここに使いにやって来たわ。いつも、すぐに帰らず、ぐずぐずして、いやらしい目で私を見つめて、薄気味悪いったらありゃしなかったわ」

おとよは憤慨して言う。

「その春吉も辻斬りに斬られたことをご存じですね」

「ええ。旦那から聞きましたけど。それが何か」

おとよは眉根を寄せた。

「春吉という男が源兵衛のところに来るに前にどこで何をしていたか、きいたことはありませんか」

「いつも、いろいろ勝手に話していましたけど、そういえば……」

おとよはふと思い出したように、

「確か、以前は剣術道場で下働きをしていたと言っていました」

「剣術道場ですって？　どこの道場かきいていませんか」

栄次郎は身を乗り出した。

「そこまで聞いていませんよ」

おとよは皮肉そうな顔をして、

「今から思えば、あの男だったら、重太郎さんのことを嗅ぎ出したかもしれないわね」

と、悔しそうに言った。

春吉が剣術道場で下働きをしていたとわかったのは大きな収穫だった。栄次郎は新八に目配せをし、

「突然、お邪魔して申し訳ありませんでした」

と、腰を浮かせた。

「ちょっと待って」

おとよが引き止めた。

「ききたいことだけきいて、そのまま帰っちゃうなんて、ずるいわ。私にもちゃんと話してくださいな」

「話すって何をですかえ」

新八が不思議そうにきいた。

「お侍さんの話を聞いていたら、旦那が誰かを使って重太郎さんを殺したと言っているように思えたけど、どうなんですか」

おとよがむきになってきく。

「いや。源兵衛さんが仕向けたという証拠はありません。源兵衛さんにしてみれば、あなたに間夫がいることも不快だったでしょう。小遣いまで上げている。そのことも許せなかったのでしょう。自分が与えた手当てから出ていると思うと、かっとなるの

は当然かもしれない。でも、源兵衛さんなら、あなたに文句を言ったはずです」

「…………」

「ですから、このことで源兵衛さんを問いつめたりしないほうがいいと思います」

「じゃあ、誰が？」

「これも、証拠があるわけではありませんが、春吉かもしれません。春吉は剣術道場で下働きをしていたということですね。そのときに知り合った腕の立つ侍に頼んで重太郎どのを殺したのではないか。私はそう思いましたが、すでに春吉は死んでおり、今となっては確かめる術もありません」

源兵衛が春吉に命じて井波重太郎を殺させたと思っているが、栄次郎はあえてそのことは言わなかった。

この後も、およよは源兵衛の世話にならなければならないのだったら、井波重太郎殺しの犯人だと知らないほうがいいと思ったのだ。

「源兵衛さんが、重太郎どののことを口に出さないのなら、あなたも黙っていたほうがいいですよ。今までどおり、何事もなかったように」

「ありがとう、お侍さん」

およよがはかない笑みを浮かべた。

「ほんとうは、重太郎さんに仕官する気などないことはわかっていたんですよ。あんなだめな男はいないとわかっていながら、金を貢いで……。私のほうこそ、だめな女でした」

「いや、重太郎どのも決して悪い人間ではない。それから、あなたにはほんとうに惚れていたようです。そのことはわかってあげてください」

重太郎の人間性など知らないのに、栄次郎は重太郎の友人になったつもりで言った。

栄次郎が土間に下り立ったとき、およが栄次郎の耳元で囁いた。

「ねえ、旦那の来ない日、今度はお侍さん、ひとりで来てくださいな。待ってますよ」

栄次郎は適当に返事をして、外に出た。

「栄次郎さん。誘惑されましたね」

新八がからかうように言った。

「思った以上にたくましいひとで、安心しました」

栄次郎は苦笑せざるを得なかった。

栄次郎と新八は神田岩本町にある金貸し源兵衛の家に戻った。

店先に入って行くと、源兵衛が露骨に顔を歪めた。

「ちょっと、井波重太郎のことでききたいのですが」

「何も話すことはない」

源兵衛は顔を強張らせて言った。

「春吉に命じ、誰かを雇って井波重太郎を殺させたことはわかっているんですぜ」

新八が声を抑えて言う。

「何を言う。そんな出鱈目」

「じゃあ、出るところに出ますかえ。おとよさんに井波重太郎を知っているかきいてみますかえ」

「………」

「これから、おとよさんのところに行き、井波重太郎殺しの首謀者は源兵衛さんだと話してもいいんですが」

栄次郎は源兵衛を威した。

「証拠がないのに、出鱈目言うな」

「今、おとよさんに会って来たんです。もう一度、行って話してもいいんです」

「何がほしいんだ。金か」

源兵衛の声が震えた。

「ほんとうのことを話してくれればいいんです。そしたら、私たちの胸に畳んでおきますよ」

栄次郎は続けた。

「春吉に井波重太郎を殺すように命じたのですね」

「違う。ただ、痛い目に遭わせてやれって言ったのだ。誰も、殺してくれなんて言っていない。ほんとうだ」

源兵衛は泣きそうな声で言った。

「わかりました。その言葉を信じましょう」

栄次郎は言った。

「おまえさんが、あくどいことをしたら、すぐにお奉行に訴えますぜ。その前に、おとよさんにすべてを話す」

新八の威しに、源兵衛は小さくなって頷いた。

ふたりは外に出た。

「源兵衛の制裁はこれでいいでしょう」

栄次郎は悄気《しょげ》ていた源兵衛を思い出して言った。

四

翌日、栄次郎は市ヶ谷田町三丁目にある一刀流の坂巻弦之進の道場の近くに来ていた。

午前の稽古が終わり、門弟たちが門から出て来た。代稽古していた金井十郎太はまだ出て来ない。

きのう、新八はおとよの家からこっちにやって来て、道場の下男や女中に、春吉のことを訊ねた。やはり、春吉は三年前まで、坂巻道場で下働きをしていたという。主人の部屋に忍び込んで、金を盗んだところを見つかり、やめさせられたということだった。

春吉は天野京五郎とはこの道場で知り合ったのだ。源兵衛から、井波重太郎殺しを頼まれた春吉は天野京五郎に声をかけた。

そして、春吉は重太郎を左衛門河岸に誘き出したのだ。そこに、京五郎が待ち構えていた。

源兵衛が会いたがっていると言えば、おとよのことで負い目を持つ重太郎は春吉の誘いを断りきれなかったはずだ。

少なくとも、井波重太郎殺しは辻斬りではない。はじめから狙っていたのだ。ただ、その後の辻斬りをどう解釈したか。

「出て来ましたぜ」

新八が囁いた。

がっしりした体の金井十郎太がひとりで出て来た。眼光鋭く、威圧感がある。

栄次郎は金井十郎太の前に出た。

十郎太は立ち止まって栄次郎を見た。無言だ。

「私は、矢内栄次郎と申します。天野京五郎どのの件で、お話をお伺いしたいのですが」

栄次郎は頼んだ。

「別に、話すことはない」

微かに目を瞠ったようだが、十郎太は静かな口調で拒絶し、栄次郎の脇をすり抜けた。

「お待ちください」

栄次郎は十郎太の前にまわった。

「天野京五郎どのに辻斬りの疑いがあるのです」

栄次郎は強引に切り出した。

十郎太は鋭い目で見据え、

「聞き捨てにならぬことを仰る。天野京五郎は先般、急病のために亡くなられた。死者に笞打つような真似はいかがかな」

「無実の者を獄門台に送るよりましかと思います」

十郎太は目を細め、しばらく栄次郎を品定めするように見ていたが、

「そなたが何を言っているのか、拙者にはわかりかねる。なぜ、拙者に声をかけてきたのだ？」

そう言いながら、武家屋敷の塀際に寄った。栄次郎も移動する。

「先日、天野京十郎どのとお会いしていたのを、偶然お見掛けしました。店の者に訊ねたら、坂巻道場の金井十郎太さまだと教えられました」

栄次郎は道場から尾行したことを隠した。

通行人がこっちを気にしながら通りすぎて行く。侍同士が言い合いでもしているように見えたのか。

「京五郎どのの死因はご存じですか」

栄次郎はきいた。

「心の臓の発作と聞いている」

「そうでしょうか。京五郎どのは、医者の松木秀峰先生の家に居候していました。それが屋敷に呼び出された二日目の夜、急に亡くなった。看取ったのは、天野家と親しい秀峰先生」

「………」

「あの夜、屋敷で何かあったのです。京五郎どのは病死ではない」

「勝手な妄想としかいいようがない」

十郎太は冷笑を浮かべて言った。

「下男が焼却した屏風に血がついていたそうです。そのことが明るみに出ると、秀峰先生は血を吐いたと言ったそうです。おかしいとは思いませぬか」

「思わないね」

栄次郎はため息をついてから、

「坂巻道場に、春吉という下働きがおりましたね」

「さあ、拙者は知らぬ」

「京五郎どのと親しかった下働きの男はおりませんでしたか」

「知らぬ」

「京五郎どのはどのようなお方でしたか」

「そなたに答える必要はない」

十郎太は立ち去ろうとした。

「お待ちください。あなたは、大庭磯之進どのをご存じですか」

栄次郎はきいた。

一呼吸、間があってから振り向き、

「知らぬ」

と、十郎太は答えた。

「大庭磯之進どのは、本物の辻斬りの身代わりになり、今奉行所で吟味を受けております。本人は素直に喋っているようですが、みなでたらめです。他人の罪をかぶろうとしているのです」

「…………」

「京五郎どのを庇う、いえ、旗本天野家を守るために……」

「矢内どの」

十郎太は鋭い声を発した。

「証拠があってものを言っているのか」

「いえ、ありません。乱暴なことは承知です。でも、時間がないのです。大庭どのの吟味は終わり、あとはお白州でのお奉行のお裁きを待つばかり」

正式に辻斬り事件が幕を引いたあと、兄栄之進のお役御免も正式に認められることになろう。

それですべては終わってしまう。

「そなたは何をしようとしているのか」

「まず真実を知り、その真実の下で裁いていただきたいのです。何人もの犠牲者を出して、天野家を守る意義があるのか」

「犠牲者とは誰か」

十郎太がきいた。

「まず、大庭磯之進どの。次に、天野家を探索したためにお役御免を願い出ざるを得なくなった御徒目付」

「その他には?」

「あえていえば、辻斬りの役を背負わされた大庭どのに斬られた春吉という男」

「栄次郎どの。証拠がないのに騒いだって、誰も信じてくれますまい。拙者と話していても、時間の無駄でござる。失礼」

「金井さま」

引き止める栄次郎を振り切って、十郎太は足早に去って行った。

新八が近づいて来た。

「いかがでしたか」

「だめです。あのひとは真相を知っているはずです。でも、何も語ろうとはしてくれませぬ。おそらく、松木秀峰先生も無理でしょう」

「もう打つ手はありませんか」

新八は栄次郎の顔色を窺った。

「難しい。おそらく、京十郎どのに問うても、まともな答えは返って来ないでしょう。今になって、春吉が殺されたことは大きかったと思い知らされました」

春吉が生きていれば、口を割らすことが出来たものを、と栄次郎は悔しかった。

「難しいですが、京十郎どのの良心にかけてみましょう」

栄次郎はもはや残された道はそれしかないと思った。

「京十郎に会うんですね。でも、会ってくれるでしょうか」

「下谷広小路の『水戸屋』の朔太郎に頼んでみます」

もはや、無駄なことに労力を使っていると自覚していたが、最後までやり抜かねばならないと、栄次郎は自分のためにも思った。

神楽坂から下谷広小路にやって来た。人通りが多い。

漆喰土蔵造りの足袋問屋『水戸屋』の前にやって来て、店先にいたこの前と同じ手代に声をかけた。

「矢内栄次郎と申す。若旦那の朔太郎さんに取り次ぎを願いたい」

「矢内さまですね。少々お待ちください」

手代は栄次郎を覚えていたようだ。

しばらくして、痩せて長身の朔太郎がやって来た。

「私に何か」

朔太郎はいかにも商人らしく腰が低い。

「お願いがあるのですが、天野京十郎どのにお会いしたいのです。引き合わせていただけませんか」

「京十郎さまに?」

「会うのを拒むと思いますが、どうしても京五郎どののことで話があるとお伝えしてください」

なんとしてでも京十郎に会わなければならないので、栄次郎は必死だった。

「わかりました。明日、お屋敷に伺うので、話しておきましょう」

「明日ではまずいのです。ぜひ、今夜でも」

栄次郎は強引に出た。

「今夜ですって」

「お願いします。時間がないのです」

朔太郎は当惑して、

「でも、京十郎さまがどうしても会わないと仰られたらどうなさるのですか」

と、問い返した。

「おそらく、そう仰るでしょう。ぜも、どうしてもお会いしたいのです。私もお屋敷まで同道します」

栄次郎は懸命に説いた。

「そうだ。こうしましょう。神田明神境内にある料理屋『平石』に上がっていただけますか。私は京十郎さまを誘って上がります。そこで、うまく話を持ちかけてみます」

「そうしていただけますか。助かります」

栄次郎は深々と頭を下げた。

「うまくいくといいんですけど」

朔太郎は厳しい顔で呟いた。


その夜、栄次郎は新八とふたりで『平石』に上がった。

通された座敷に、おけいがやって来た。

「いらっしゃいませ」

挨拶し、おけいが酒を運んできた。

「おけいさん、元気そうで、よかった」

栄次郎は顔色のよくなったおけいにほっとした。

「はい」

「お義母さんはどうだね」

「おかげさまで、だいぶ元気になりました」

「おけいさんはえらいな」

新八がしみじみと言う。死んだ多吉の母親を実の母親のように面倒を見ているのだ。

栄次郎もそのことに頭が下がる思いだった。

「いえ、どうせ、私には身寄りがないんですから」

「ところで、その後、妙な奴はうろついていないかえ」

おけいを付け狙っていた男のことを、新八がきいた。お秋の家まで来て、栄次郎のことも調べていたのだ。

「はい。おかげさまで、すっかり現れなくなりました」

「そいつはよかった」

新八は盃を口に運んだ。

「栄次郎さま。どうぞ」

おけいが酒を勧めた。

「おけいさん。『水戸屋』の若旦那と天野京十郎どのは来ていますか」

栄次郎は祈るような気持ちできいた。

「はい、お見えでございます」

「そうか。酒はやめておこう」

栄次郎はこれからの首尾を考えて気を引き締めた。

おけいが不思議そうな顔をした。

それから、四半刻（三十分）ほど経って、朔太郎がこっちの座敷にやって来た。

「厠と言って抜け出て参りました。今、どうぞ」

朔太郎が深刻な顔で言った。

「かたじけない」

栄次郎は立ち上がった。

おけいの案内で、天野京十郎がいる座敷に行った。

「失礼します」

おけいが声をかけ、襖を開けた。京十郎が女中を相手に酒を呑んでいた。京十郎の驚愕した顔を見てから、栄次郎は一歩部屋に踏み込み、その場に座って挨拶をした。

「不躾《ぶしつけ》にかようなところに押しかけたること、重々お詫び申し上げます。先般、お目にかかりました矢内栄次郎と申します」

おけいが女中を呼び、部屋の中はふたりきりになった。

「無粋な男だ」

京十郎は不快そうに言った。

「申し訳ございません。話をきいていただきたく参りました」

「なんだ、申してみよ」

「弟君の京五郎どののことでございます」

京十郎は眉根を寄せた。

「まず、京五郎どのが急死なされました。心の臓の発作とお聞きしましたが、血を吐いたとのこと。どうも合点が行きませぬ」

栄次郎は吐き出すように言った。

「なぜ、そのようなことをきくのだ？」

「失礼ながら、はっきり申し上げます。私は京五郎どのが辻斬りの犯人だったと思っております」

「ばかな」

京十郎は憤然とした。

「もちろん証拠はありません。したがって、どこに訴えても、取り上げてもらえないことです。しかし、真実をこのまま覆い隠したままでいいとは思いません」

「真実？」

「細かい経緯はわかりかねますが、私はこう想像しています。京五郎どのは、金貸し源兵衛の奉公人だった春吉に頼まれ、左衛門河岸で辻斬りに見せかけて、浪人の井波重太郎を殺しました。私が思うに、京五郎どのはそのときの感触が忘れられなくなったのではないでしょうか。その後も、数日置きにひとを斬りに夜の町に出た。あなたは、いつしか京五郎どのに疑いを持ち出した。そして、辻斬りを見つけるために、夜の町を歩き回ったのではありませんか」

「…………」

「そして、ついにその証拠を見つけた。あなたは天野家を守るために、医者の松木秀峰の家に居候をしている京五郎どのを屋敷に呼びつけた末に始末した。違いますか」

栄次郎は返答を迫った。

「証拠もなく、よくそこまで想像を逞しくしたものだ」

「しかし、京五郎どのの死因に疑問を抱いた御徒目付が、京五郎どのの墓を暴いて死体を検《あらた》めることになった。そうなると、病死として届けている死因が斬られたものによるものとわかってしまう。そこで、辻斬りの犯人を急遽、用意しなければならなくなった。白羽の矢が立ったのが、屋敷に出入りをしている近江屋与右衛門が面倒を見ていた浪人大庭磯之進です。この大庭磯之進を辻斬り犯としてわざと辻斬りに失敗したとして奉行所に捕まえさせようとした。ところが、京五郎どのに手を貸していた春吉から真相が漏れることを恐れ、大庭磯之進に春吉を斬らせた」

「矢内どのは、ひょっとして、御徒目付の矢内栄之進どのの？」

京十郎は顔つきを変えた。

「はい。私は栄之進の弟です。兄は、天野家を疑い、あまつさえ京五郎どのの墓を暴こうとした。その責任をとって、お役御免を願い出ました。しかし、兄の探索は間違っていなかったのです。私は兄の名誉を回復させたいのです」

「なるほど。そういうことか……」

京十郎は表情を曇らせた。

「兄のことだけではありません。無実の罪を背負って処刑されようとしている大庭磯之進を助けてやりたいのです。大庭どのは余命半年という体だと聞きました。もう先はないから死んでもいいという理由にはなりません。残り少ない命だからこそ、穏やかな日々を過ごすことが大切なのではありませんか。私は大庭どのを牢獄から助け出してあげたいのです。そして、限られた日々を穏やかな気持ちで過ごさせてやりたいのです」

「矢内どの」

京十郎は蒼白な顔になっていた。

「そなたの気持ちはわからぬものではない。が、所詮、そなたの独りよがりの考えだ。これ以上、話しても無駄だ」

京十郎は大きく手を叩いた。

「天野さま」

栄次郎は取りすがるように迫った。

「もう話すことはない」

京十郎は突き放すように言ってから、

「大和屋を呼んでくれ。引き上げるからと」

と、顔を出した女中に言った。

「失礼しました」

辞儀をし、栄次郎は立ち上がった。

すべて終わった、と思った。兄の名誉回復も、大庭磯之進の救出も、真実の解明も出来なかった。

己の無力さが身に沁みた。相手が旗本だということは理由にならない。確かに、医師の松木秀峰も坂巻道場の金井十郎太も天野家の息がかかっている。それを突き破ることが出来なかったのは、自分の力不足に他ならない。

栄次郎は新八とともに『平石』から引き上げ、途中で新八と別れ、ひとり本郷通りを悄然とした足取りで屋敷に帰った。

五

翌朝、夜が明けきれぬうちに、栄次郎は庭に出た。

枝垂れ柳の前に立ち、そよぐ風に微かに揺れる葉に向かって抜刀した。切っ先が葉をふたつに裂いた。

居合腰から再び、抜刀する。栄次郎は狂ったように剣を振った。

半刻（一時間）以上経ってから、栄次郎はようやく素振りを終えた。井戸端で体を拭く。もう、水は冷たい。

栄次郎は濡縁から部屋に戻った。兄は部屋にじっとしている。食事と厠以外、ほとんど部屋から出ないらしい。

実直に謹慎を続けているのだ。訪れる者もない。たまに、ひとが訪ねて来ても、兄は謹慎を理由に会わないという。

栄次郎は兄の顔を見るのが辛く、兄の部屋に行かなかった。食事のときも、特に会話らしい会話もなかった。

食事を終えたとき、栄次郎に客が来たことを女中が告げに来た。

「浅草黒船町から来たと言っていました」

「黒船町？」

お秋のところからだ。

栄次郎は玄関に向かった。そこに、お秋の家の下男が立っていた。

「栄次郎さま。内儀さんからの言づけでございます」

年寄りの下男が切り出した。

「すぐに南町の御番所まで行ってくださいとのことでございます。崎田さまがお待ちだということです」

「崎田さまが、ですか。わかりました。すぐに行きます」

「では、あっしは」

「少し休んで行ったらどうですか」

「いえ、仕事もありますから」

下男は引き上げた。

栄次郎は部屋に戻り、外出の支度をしてから部屋を出た。玄関から門に向かったとき、兄が見送っているのに気づいた。

先を急いていたので、栄次郎は兄に声をかけることなく、門を飛び出した。

栄次郎は本郷通りを急いだ。崎田孫兵衛が待っているというのはどういうことか。ひょっとして、きょうにも大庭磯之進の最後の取調べがあるのではないか。

お奉行の取調べだ。栄次郎は急いだ。

昌平橋を渡り、日本橋の大通りを行く。日本橋を渡ってから高札場の先を右に折れ、お濠端に出てから濠沿いを数寄屋橋御門に向かった。

ようやく、数寄屋橋御門内の南町奉行所にやって来た。

番所櫓のついた黒渋塗りの長屋門の前に立った。今月月番の南町奉行所は門が大きく開いていた。

栄次郎が戸惑っていると、ひとりの同心が潜り門から出て来た。

「矢内どのでござるな」

岡っ引きの伊平が手札をもらっている定町廻り同心だ。

「はい」

「こちらへ」

同心は潜り門に案内した。

栄次郎は奉行所の中に入った。左手に小門がある。その中に仮牢があるのだ。きょうの吟味のために、小伝馬町の牢屋敷から連れてこられた囚人が待機している。

「しばらくお待ちを」

同心が去った。

公事人《くじ》控所には羽織姿の町人が何人か待っていた。

足音が近づいて来た。崎田孫兵衛だ。

「崎田さま」

「うむ。よいか、これは特例だ」

気難しい顔で言い、仮牢への小門に向かった。

崎田孫兵衛は仮牢ではなく、物置小屋へ向かった。小屋の手前で立ち止まった。

しばらくして、囚人が連れられて来た。月代も伸び、無精髭の男だ。大庭磯之進に間違いなかった。

「崎田さま」

「時間は僅かだ」

小声で言い、崎田孫兵衛は去って行った。

同心は少し離れたところで監視していた。

砂利の上に跪《ひざまず》いている磯之進の前で、栄次郎は片膝をついて座り、

「大庭どの。拙者は矢内栄次郎と申します。時間がないゆえ、挨拶は抜きにします。

あなたは、身代わりですね。辻斬りは天野京五郎どのでした」

と、一方的に言った。

なぜ、この場に連れてこられたか、どうして目の前の侍が問いかけるのか、不審の色を浮かべたまま、

「いえ、辻斬りは私です」

大庭磯之進は答えた。

「なぜですか。いくら、近江屋与右衛門に恩があるとはいえ……」

「なぜですか」

大庭磯之進は問い返した。

「大庭どの。このままではあなたは無実のまま処刑されてしまうのです。辻斬り犯という不名誉のまま」

栄次郎は大庭磯之進の問いかけを無視して言った。だが、磯之進ははったと栄次郎を睨みすえ、

「私がやったことはすべて吟味にて洗いざらい申し述べました。今さら、話すことはありません」

と、はっきりと言い切った。

「では、祝言間近の男を殺したのもあなただというのですね。その男には病気の母親がおりました。息子の祝言を楽しみにしていたのに辻斬りに殺された。許嫁の娘はどうしたと思いますか。通夜のとき、死者と祝言を挙げたのです。そして、男の母親の面倒を見ているのです。この者たちの仕合わせを奪ったのもあなただというのですね。それだけじゃありません。商家の番頭は丁稚からこつこつ励み、ようやく……」

「おやめください」

話の途中から顔色を変えてきた磯之進はたまりかねたように叫んだ。

「現実から目をそらさないでください。大庭どの。すべて、そのような不名誉を背負ってあの世に行かれ、妻女どのに顔向け出来るのですか」

磯之進は俯いたまま拳を握り締めた。

しばらく肩を震わせていたが、ようやく磯之進は顔を上げた。

「失礼でございますが、矢内さまは御徒目付の矢内さまとは？」

あっと、栄次郎が声を上げそうになった。磯之進までもが、兄との関係を確かめた。

なぜ、磯之進が兄のことを知っているのだ。

「どうして、あなたは兄のことを……？」

栄次郎は心がざわついてきた。

「あなたは、何もご存じない」

吐き出してから、磯之進ははっとしたように表情を強張らせた。

「どういうことですか。私が何を知っていないというのですか」

「失礼しました。つい、取り乱して、いい加減なことを申してしまいました」

威儀を正すようにして、磯之進は頭を下げた。

「私のことを思ってくださってのあなたさまのお言葉、身に染みてございます。なれど、私が辻斬りであることは紛れもない事実にございます」

「私の問に答えてください。私が何を知っていないというのですか。どうして、あなたが兄を知っているのですか」

「申し上げるわけには参りません。ただ、ひとつだけ、誤解を解いておきまする」

磯之進は青白い顔を向けた。

「さきほど、近江屋与右衛門どのに私が恩誼があるかのように仰っておりましたが、私が恩誼を受けていたのは天野三右衛門さまにございます」

「…………」

「藩を抜け出し、家内とともに江戸にやって来たものの、数年後に家内は寝込むようになりました。医者にかかる金もなく、薬代を稼ぐために道場破りをしました。わざと、負けて道場主から幾ばくかの金をもらう。そんなことをしていて、市ヶ谷田町の坂巻道場に行きました。そこで、天野京十郎どのと知り合いました」

　磯之進は続けた。

「その後、坂巻道場の坂巻弦之進先生から、うちに来て代稽古をして欲しいと言われ、坂巻道場に通うようになりました。それで、なんとか暮らし向きも立つようになりました。道場では、天野京十郎どの、京五郎どのと親しくさせていただきました。さらに、神楽坂の松木秀峰先生に紹介していただきました。それからしばらくして、松木先生から空気のよいところで養生したほうがいいと言われ、千駄木の百姓家の離れを世話してくださったのです。

　あとから、すべて京十郎どのの父君の三右衛門さまが手配してくれたことだとわかりました。京十郎さまから話を聞いた三右衛門さまが何もかも私のために……。坂巻道場で代稽古の仕事を与えられたのも、千駄木の百姓家を世話してくださったのも、みな三右衛門さまがしてくださったのです。おかげで、私も妻も仕合わせな日々を送ることが出来ました。妻が亡くなったあと、今度は私の体が蝕みはじめており、坂巻道場で教えることが出来なくなり、千駄木で妻の供養をしながら養生しておりました。その間の暮しを支えてくださったのは、もちろん三右衛門さまです。三右衛門さまから頂戴した御恩は計り知れません。余命半年と告げられても、運命だと諦めることは出来ました。でも、三右衛門さまに恩返しが出来ぬまま死んで行くかと思うと、胸をかきむしるほどの悔しさを覚えました」

磯之進は身を乗り出すようにして、

「矢内さま。どうぞ、私の心をお酌《く》みください。このとおりでございます」

と、絞り出すような声で訴えた。

栄次郎は啞然とした。

栄次郎が驚いたのは、磯之進の目が澄んでいることだった。自ら進んで罪をかぶろうとした磯之進は、天野三右衛門に恩を返せる機会を得たことを仕合わせに感じているようだった。

「あなたのお気持ち、痛いほど、よくわかりました。もうひとつ、お聞かせください。あなたは、なぜ兄のことをご存じなのですか」

栄次郎は昂《たかぶ》る心を抑えてきいた。

「それは……」

そのとき、同心が近づいて来た。

「そろそろ、お白州ゆえ」

同心は磯之進を連れて行くと行った。

「わかりました」

栄次郎は立ち上がった。

引き立てられて行く磯之進は途中で振り返り、栄次郎に向かって深々と頭を下げた。

複雑な思いで、栄次郎も頭を下げた。


栄次郎は奉行所から本郷に向かった。

脳裏には大庭磯之進の崇高な姿が焼きついている。真実を求め、また兄の救出を願って辻斬り事件を追及して来た結果は、栄次郎にとって満足出来るものだったかどうかわからない。

だが、これで、辻斬り事件は幕を閉じることになる。

屋敷に戻った。このような時間に帰って来た栄次郎に、母は訝った。

「どうかなさったのですか」

「ちょっと忘れ物をしました」

栄次郎は心のざわめきを気づかれぬように人懐こい笑みを浮かべて言った。

「そうですか。たまには、お屋敷で過ごすのもよいものですよ。とにかく、あなたは外出が多くていけません」

「母上。その話はまた後日」

そう言い、逃げるように部屋に向かった。

それから、改めて兄の部屋に行った。

「兄上。よろしいですか」

「うむ」

中から返事が聞こえた。

「失礼します」

栄次郎が襖を開けると、小窓に向かっている小机の前から兄は立ち上がった。

部屋の真ん中で、差し向かいになった瞬間、兄の表情が一瞬強張った。栄次郎の顔つきから何かを察したようだ。

「兄上」

栄次郎は意気込んだ。

「うむ」

威厳に満ちた顔で、兄は頷いた。

「今、御番所へ行き、大庭磯之進どのにお会いしてきました」

兄は目を細めた。意味がつかめなかったのか、それとも驚いたのか。

「私はこれまで、辻斬り事件について調べ、私なりに結論を出しました。その結論は、兄上にとって益になることだと思っていました。でも」

栄次郎は息を呑んで続けた。

「それは私のひとりよがりのようでした」

「栄次郎。私のために動き回ってくれたそうだな」

「えっ」

どうして知っているのかと、栄次郎は兄の表情を窺った。

「天野京十郎どのから文が届いた。そなたに、問いつめられたとな」

兄は大きくため息をついた。

「天野三右衛門さまは謹厳実直で、やさしい御方だ。あれほどの評判のよい御方は滅多にいない。ふたりの優れた男子にも恵まれて、仕合わせいっぱいだと傍目から見られていた。だが、内実は違った。兄弟のことだ。ふたりは仲のよい兄弟だった。だが、弟の京五郎どののほうが優秀だった。そのことが不幸のはじまりだ。親戚の者は、こぞって家督を京五郎に譲るべきだと意見を言う。誰もが、京五郎が家を継ぐほうがよいと思っていた。あんな呑んだくれの京十郎ではだめだと周囲は言っていた。それでも、三右衛門どのだけは長子の京十郎どのを跡継ぎと決めていた。そのために、親戚筋からも攻められ、三右衛門どのは孤立していた。そんな空気を察した京十郎どのは、京五郎どのに家督を譲ろうと、わざと放蕩をし、三右衛門どのからも見放されようとしたのだ」

「…………」

「ところが、京五郎どのは己に自信があるゆえか、他人を見下すところがある。頭脳も明晰で、自分を兄以上にすべての面で優れていることを周囲にわからせるように自分の行動を計算していたと、三右衛門どのは言っていた。そのことに気づかぬ者たちは跡継ぎに京五郎どのを推していた。京五郎どのほどの才覚があれば、いい養子の口もあったと思うが、あくまでも天野家にこだわったことに不幸があったのであろう。どんなことがあっても、跡継ぎは京十郎どので変わらないとはっきりわかったときから、京五郎どのの中で何かが崩れたようだ。屋敷を飛び出し、松木秀峰の家に居候しだした」

「辻斬りは、やはり京五郎どのなのですね」

「そうだ。そのことに気づいたのは、坂巻道場で代稽古をつけている金井十郎太という男だ。あるとき、金井十郎太が京五郎と道場ですれ違ったとき、微かに血の匂いがしたという。それで、京五郎の目を盗んで、差料を調べたところ、血糊がついていた。辻斬りが出没していることを聞いていたので、疑いの目を向けたということだ」

「そのことを、京十郎どのに話したのですね」

「そうだ」

それで、京十郎は夜の町を歩き回ったのだ。

「三右衛門どのと京十郎どのは京五郎を屋敷に呼び戻し、問いつめたそうだ。すると、京五郎は犯行を認めたという」

「そうですか」

「以前、坂巻道場で下働きをしていた春吉という男が訪ねて来て、浪人者を斬って欲しいと頼んだそうだ。二十両の報酬で引き受け、左衛門河岸まで春吉が誘き出し、京五郎は斬り捨てた。京五郎にとってひとを斬ったのは、うまれてはじめてのことだったらしい。そのことがきっかけで、辻斬りを重ねるようになったと、京五郎は答えたという」

「湯島聖堂脇で、多吉という男を殺したのは狙っていたのかどうか、何か言っていたのでしょうか」

「たまたま多吉を見かけ、兄が懸想《けそう》している女の許嫁だったから、聖堂脇に誘き出して犠牲にしたそうだ」

「やはり、そうだったのですか」

「兄を排除したいと思う一方で、兄のために何かしたいという気持ちもあったようだ。ちょっと複雑な気持ちを抱いていたようだ」

「やはり、京五郎どのは病死ではなく、殺されたのですね」

栄次郎は息を吐いてからきいた。

「そうだ。三右衛門どのが脇差しで刺したそうだ。ただ、京五郎どのは抵抗しなかった。覚悟をしていたのだろう」

「その後、医者の松木秀峰を呼んで、病死としたのですね」

「そうだ。それで、葬儀も済ました」

栄次郎は居住まいを正して、

「兄上は、そのことを見抜いておられたのですね」

と、訊ねた。

「じつは、栄次郎の指摘により、京五郎どの急死について調べさせた。天野家の奉公人の話から、何かが起こったことがわかった。下男が焼却した屏風に血が付着していたり、畳替えも行っていたり、奇妙な点が多々あった。また、これは口止めしてあるが、たまたま、朋輩の御徒目付が牛込御門の手前の桟橋で小舟から下り立った宗十郎頭巾の侍を見ていた。神楽坂に向かう途中で頭巾をとった。念のために、あとをつけたところ、医者の松木秀峰の家に入ったという。それは、浜町堀に辻斬りが出た夜だ。状況的に、京五郎の犯行とみて間違いない。それから、小舟で送り迎えをしていた男は以前に坂巻道場で下男をしていた春吉だとわかった。その上で、組頭どのに報告申し、天野家の探索の許しを得た」

「なのに、兄上は……」

あとの言葉は続かなかった。

「栄次郎。落ち着いて私の話を聞くのだ」

「はい」

「私はひそかに天野三右衛門どのに会った。勤勉実直。不器用であるが、まさに好人物とはこのような人間だと思わせたる御方だ。三右衛門どのは、すべて認めた。京五郎どのが辻斬りだったことも、京五郎どのを脇差しで突き刺したことも。このことが表沙汰になれば。天野家は無事ではあるまい。だが、辻斬りは京五郎ひとりの罪であり、天野三右衛門どのや京十郎どのとは関係ない。たとえ、身内とはいえ、京五郎ひとりのために、天野家が潰れてよいのかと、ひとのよい三右衛門どのを見てつくづく思った。私はなんとか助けてやりたかったのだ」

兄は目を輝かせた。

「その夜、屋敷に大庭磯之進どのが見えていたことが、運命だったのである。何かの導きだったのか、大庭どのは三右衛門どのの悲しみをなぐさめようと屋敷を訪れていたのだ。隣り座敷で話を聞いて事情を察した大庭どのが部屋に入って来て、私を使ってくださいと訴えた。辻斬りの身代わりを申し出たのだ。私は、それ以上は深入りするのをやめた。あとは、あなた方でうまく取り計らうように言った。京五郎どのの墓を暴くようになるかもしれないから、その前にと」

「じゃあ、大庭どのはすべてひとりで……」

「そうだ。春吉を付け狙い、そして、辻斬りに見せかけて斬った。真犯人を知っている春吉を生かしてはおけなかったということだろう。だが、その次のときにはわざと捕まったのだ」

どうぞ私の心をお酌みくださいと絞り出すような声で訴えた大庭磯之進の顔が脳裏を掠めた。

「兄上がお役御免を願い出たのは、誤った疑いを天野家にかけたことを理由にしておられましたが、実際は……」

「御目付の天野家への疑いをそらし、京五郎どのの墓を暴くことをやめさせるには、私はあえて誤った捜索というのを前面に押し出す必要があった。また、私はその後の謀《はかりごと》を見て見ぬ振りをしなければならなかった。御徒目付のままでいることは、良心が承知をしなかった。だから、進んでお役御免を願い出て、謹慎したのだ」

改めて、兄は栄次郎を見つめ、

「栄次郎。すまなかった。そなたをも欺いた結果になって」

と、腰を折った。

「兄上。頭をお上げください」

「栄次郎、そなたには衝撃的な話であったろう」

「はい。でも、私が兄上の立場だったら、同じことをしていたかもしれませぬ。ただ」

栄次郎は言葉を呑んだ。

「なんだ？」

「はい。真実が覆い隠されて、辻斬りの犠牲者たちが浮かばれるでしょうか。そのことが、気がかりです」

「そのことは三右衛門どのが必ず償《つぐな》うであろう。我が子を己の手で殺さねばならなかった三右衛門どのの気持ちを慮《おもんぱか》ると、胸が痛む。特に、京五郎どのは自慢の息子だったそうだからな。まじめにこつこつと務め、人望も厚い三右衛門どのの晩年にこのような不幸が訪れるなんて、人生はままならぬものよ」

兄はしみじみと言い、

「近々、三右衛門どのは家督を京十郎どのに譲って隠居するはずだ。栄次郎、今宵はまたふたりで酒を酌み交わすか」

「ええ、ぜひ」

御徒目付の職を捨て、また気に入った娘との縁談を棒に振ってまで、兄は天野家を助けようとした。さっき栄次郎は、「私が兄上の立場だったら、同じことをしていたかもしれませぬ」と言ったが、はたして、自分を犠牲にしてまで、そのようなことが出来たかどうか自信がなかった。

改めて、兄は自分よりはるかに大きな人間なのだと思った。

翌日の午後、お秋の家で、栄次郎は新八に一切を話した。

黙って聞いていた新八は、栄次郎の話が終わると、やりきれないような顔になった。

「そういうことだったのですか。じゃあ、あっしたちはよけいな真似をしたってことになるのでしょうか」

「結果的には、そうかもしれません。でも、私と新八さんは真実を知り、大庭磯之進という崇高な心の持ち主を知ることが出来ました。これは、私たちにとっては大きな財産になったと思います」

「なるほど。栄次郎さんの仰ることはよくわかります」

新八は納得したように頷いた。

「しかし、崇高なお心といえば、私は兄君の栄之進さまにも頭が下がります。己の職を辞してまで、天野家をお守りした。私は敬服します」

「新八さん。ありがとう」

だが、職を辞しただけではない。気に入った娘との縁も破談になる痛みも併せて被ることも覚悟をしたのだ。

「でも、究極は天野三右衛門さまかもしれません。大庭磯之進どのや兄上に、そのような気持ちを起こさせるほどの人格者だったのでしょう。ただ、そんな優れた御方でも、子どもの育て方には失敗したということでしょうか」

ことごとく完璧な人間はないのだということを、見せつけられたような思いだった。

梯子段を上がる音がした。あの足音はお秋だったが、もうひとつの足音が微かに聞こえた。

障子が開き、お秋が顔を覗かせ、

「栄次郎さん。お客さんですよ」

と言い、部屋に通したのはおけいだった。

「おけいさん。いらっしゃい」

栄次郎が声をかけた。

「お邪魔いたします」

「さあ、こちらへ」

新八が場所を移動する。

栄次郎と新八のふたりに相対するように、おけいは座り、大きな輝く瞳を向けた。

栄次郎は晴れやかな表情のおけいに目を瞠った。

はじめて見る華やか顔だ。

「栄次郎さま、新八さん。じつは、京橋にある袋物問屋『加賀屋』の大旦那さまからお話をいただきました」

おけいが恥じらいながら口を開いた。

「おけいさん。お話って、なんの話だえ」

新八が訝しげにきく。

「『加賀屋』さんには、跡取りの若旦那の下に、孝次郎さんという弟さんがいらっしゃるのでございます。その孝次郎さんのお嫁にならないかというお話で」

「えっ、縁談ですか」

栄次郎は当惑ぎみに言う。

おけいは死んだ多吉と祝言を挙げ、今は多吉の母親といっしょに暮らしているのだ。そのことを、加賀屋は知らないのだろうか。

「『加賀屋』の大旦那さまは、すべてご承知の上でのお話でございました」

「承知の上?」

「以前、私のあとをつけていたひと。あれは、『加賀屋』さんに縁《ゆかり》の方だったそうです。私のことを調べていたそうです」

「なるほど。それで、私のことも……」

栄次郎は合点がいった。栄次郎のことを調べていたのは、おけいの身辺を調べてのことだったのだ。

おけいのことを調べ上げ、間違いないとの結論に達し、改めて加賀屋はおけいを次男の嫁にもらい受けようとしたのだろう。

しかし、おけいは形だけとはいえ、亡き多吉の嫁として病気の義母の看病をしている身だ。

「大旦那は、孝次郎さんに出店を出して上げるそうです。そのとき、孝次郎さんの力になってやって欲しいと」

「でも、多吉さんの母親をどうするのだね」

「孝次郎さんはいっしょに暮らそうと仰ってくれました」

「お会いしました」

「孝次郎さんにも会ったのですか」

恥じらうように、おけいは俯いた。

「すべてを承知で、引き受けてくれるというのですね」

栄次郎は確かめた。

「はい。ただ、多吉さんが亡くなって間もないのに……」

「そんなことはありません。それはきっと多吉さんのお導きですよ。多吉さんの母親はなんと言っているのですか」

「お世話になりなさいと仰ってくれました」

「あなたが孝次郎さんを気に入られたのなら、遠慮することはありません。多吉さんだって、きっと喜んでくれると思います」

栄次郎は、ふとあることに思い至った。

「その『加賀屋』さんは、旗本の天野三右衛門さまのお屋敷に出入りをなさっておいでですか」

「はい。一度、天野の殿様にはお会いしたことがあります」

栄次郎は新八と顔を見合せた。

天野三右衛門は兄からおけいの話を聞き、通夜に祝言を上げ、亡き許嫁の母親の面倒を見ている娘に感動し、『加賀屋』に話を持ち込んだのに違いない。

「ぜひ、この話はお受けしたほうがいいですよ」

栄次郎は祝福するように言った。

「ありがとうございました」

おけいは喜びに胸を膨らませて引き上げて行った。


夕方になって、崎田孫兵衛がやって来た。

苦手だからと言い、新八が引き上げたあと、栄次郎は階下に行き、もう呑みはじめている孫兵衛の前で畏まった。

「崎田さま。このたびは無理を聞いていただき、ありがとうございました」

栄次郎は深々と腰を折った。

「まあ、あれで、そなたの気が済んだのなら上々。ほんとうは、お秋に頼まれたからだ。あんなに泣き叫ばれたら、頼みを引き受けざるを得なかった」

孫兵衛は苦い顔でお秋を見た。

傍らで、お秋はすましていた。

「お秋さん。ありがとう」

栄次郎が礼を言うと、

「引き受けてくれた旦那がえらいんですよ」

と、お秋が笑った。

孫兵衛が真顔になり、

「それにしても、あの大庭磯之進という男は惜しい。あれほどの男がほんとうに辻斬りを働いたのか、わしにはいまだに信じられないのだ」

と呟き、盃を口に運んだ。

そうです。大庭どのは辻斬りをするような下劣な人間ではありませんと、つい喉元まで出かかった。しかし、そのことを口にすることは出来なかった。大庭磯之進は辻斬りをした下劣な男として処刑される日を待っているのだ。

「そうそう、近々、将軍の裁可が下りるだろう」

重追放以上の刑の場合には、お奉行から老中を通じ、将軍にお伺いを立てる。将軍の裁可があって、はじめて刑が執行されるのだ。

「やはり、引き回しなのでしょうね」

栄次郎は痛ましげにきいた。辻斬りで、六人もの人間を殺したことにされているのだ。おそらく、引き回しの上に磔・獄門になるだろう。そう思いながら、訊ねたのだ。

「引き回しの上に死罪だ」

「死罪？」

「ああ、そうだ。御目付のほうからの指示があったらしい。詳しいことはわからんが」

大庭磯之進の裁判に、御目付が立ち合ったようだ。兄から、何か嘆願が届いていたのだろうか。

「獄門台に首を晒されないだけでも、よかった」

盃を口に運ぶ手を止め、孫兵衛は呟いた。

数日後の昼下がり、栄次郎は兄とともに、本郷四丁目の角に来ていた。

冬ざれの中、沿道には物見高い江戸の庶民が集まっていた。

やがて、引き回しの一行がやって来た。六尺棒を持った先払いの男ふたりを先頭に、罪状を書いた幟持ち、捨札持ち、抜き身の槍を持った男、突棒《つくぼう》・刺股《さすまた》などの捕物道具を持った者が続き、いよいよ裸馬に後ろ手に縛られて乗っている大庭磯之進の姿が見えて来た。

きょうの朝、小伝馬町の牢屋敷裏門から出た引き回しの一行は、日本橋通りの東側を大きくまわって、東海道を高輪《たかなわ》の大木戸まで行って引き返し、その後、溜池の南側に出て、赤坂・田町からお濠に沿って四谷御門、市ヶ谷御門を抜け、お城をひとまわりするようにして、いよいよ本郷通りに入って来たのだ。

大庭磯之進を乗せた馬が近づいて来た。その後ろには検死の与力を乗せた馬が続いている。

目の前を大庭磯之進が通って行く。栄次郎と兄は馬上を見上げた。大庭磯之進が気づいて目を向けた。

いかにも罪人らしく、無精髭が伸び、汚らしい顔だったが、表情は晴々としていた。

大庭磯之進は黙礼をした。兄は深々と頭を下げた。栄次郎も腰を折った。

引き回しの一行は湯島の切通しに向かった。

「兄上。行ってしまいましたね」

栄次郎は呟いた。

「うむ」

兄は今朝から口数が少なかった。

昨日、組頭から、謹慎を解く。お役目に復帰するようにとの沙汰があった。だが、兄の心は大庭磯之進のことで占められていた。

一行が見えなくなってから、

「栄次郎。今宵、ふたりで深川に行ってみるか」

と、兄が行った。

「ええ、行きましょう」

兄の気を引き立てるように、栄次郎はわざと元気よく言った。

時代小説
二見時代小説文庫

神《かん》田《だ》川《がわ》斬《ざん》殺《さつ》始《し》末《まつ》　栄《えい》次《じ》郎《ろう》江《え》戸《ど》暦《ごよみ》7

著者　小《こ》杉《すぎ》健《けん》治《じ》

発行所　株式会社　二見書房
東京都千代田区三崎町二―一八―一一
電話　〇三―三五一五―二三一一［営業］
〇三―三五一五―二三一三［編集］
振替　〇〇一七〇―四―二六三九

印刷　株式会社　堀内印刷所
製本　ナショナル製本協同組合

 ISBN978−4−576−11173−5
http://www.futami.co.jp/

二見時代小説文庫

栄次郎江戸暦　浮世唄三味線侍

小杉健治［著］

吉川英治賞作家の書き下ろし連作長編小説。田宮流抜刀術の達人矢内栄次郎は部屋住の身ながら三味線の名手。栄次郎が巻き込まれる四つの謎と四つの事件。

間合い　栄次郎江戸暦2

小杉健治［著］

敵との間合い、家族、自身の欲との間合い。一つの印籠から始まる藩主交代に絡む陰謀。栄次郎を襲う凶刃の嵐。権力と野望の葛藤を描く傑作長編小説。

見切り　栄次郎江戸暦3

小杉健治［著］

剣を抜く前に相手を見切る。過てば死…。何者かに襲われた栄次郎！彼らは何者なのか？なぜ、自分を狙うのか？武士の野望と権力のあり方を鋭く描く会心作！

残心　栄次郎江戸暦4

小杉健治［著］

吉川英治賞作家が〝愛欲〟という大胆テーマに挑んだ！美しい新内流しの唄が連続殺人を呼ぶ……抜刀術の達人で三味線の名手栄次郎が落ちた性の無間地獄

なみだ旅　栄次郎江戸暦5

小杉健治［著］

愛する女を、なぜ斬ってしまったのか？三味線の名手で田宮流抜刀術の達人矢内栄次郎の心の遍歴……吉川英治賞作家が武士の挫折と再生への旅を描く！

春情の剣　栄次郎江戸暦6

小杉健治［著］

柳森神社で発見された足袋問屋内儀と手代の心中死体。事件の背後で悪が哄笑する。作者自身が〝一番好きな主人公〟と語る吉川英治賞作家の自信作！

一万石の賭け 将棋士お香 事件帖1
沖田正午［著］

水戸成圀は黄門様の曾孫。御俠《おきゃん》で伝法なお香と出会い退屈な隠居生活が大転換！藩主同士の賭け将棋に巻き込まれて…。天才棋士お香は十八歳。水戸の隠居と大暴れ！

娘十八人衆 将棋士お香 事件帖2
沖田正午［著］

御俠なお香につけ文が。一方、指南先の息子の拐かしを知ったお香は弟子である黄門様の曾孫梅白に相談するが、今度はお香も拐かされ……シリーズ第2弾！

剣客相談人 長屋の殿様 文史郎
森詠［著］

若月丹波守清胤、三十二歳。故あって文史郎と名を変え、八丁堀の長屋で貧乏生活。生来の気品と剣の腕で、よろず揉め事相談人に！心暖まる新シリーズ！

狐憑きの女 剣客相談人2
森詠［著］

一万八千石の殿が爺と出奔して長屋暮らし。人助けの万相談で日々の糧を得ていたが、最近は仕事がない。米びつが空になるころ、奇妙な相談が舞い込んだ…

赤い風花《かざはな》 剣客相談人3
森詠［著］

風花の舞う太鼓橋の上で旅姿の武家娘が斬られた。瀕死の娘を助けたことから「殿」こと大館文史郎は巨大な謎に立ち向かう！大人気シリーズ第3弾！

乱れ髪残心剣 剣客相談人4
森詠［著］

「殿」は、大川端で心中に見せかけた侍と娘の斬殺死体を釣りあげてしまった。黒装束の一団に襲われ、御三家にまつわる奥深い事件に巻き込まれていくことに…！

山峡の城　無茶の勘兵衛日月録
浅黄斑［著］
藩財政を巡る暗闘に翻弄されながらも毅然と生きる父と息子の姿を描く著者渾身の感動的な力作！　本格ミステリ作家が長編時代小説を書き下ろし

火蛾《かが》の舞　無茶の勘兵衛日月録2
浅黄斑［著］
越前大野藩で文武両道に頭角を現わし、主君御供番として江戸へ旅立つ勘兵衛だが、江戸での秘命は暗殺だった……。人気シリーズの書き下ろし第2弾！

残月の剣　無茶の勘兵衛日月録3
浅黄斑［著］
浅草の辻で行き倒れの老剣客を助けた「無茶勘」こと落合勘兵衛は、凄絶な藩主後継争いの死闘に巻き込まれていく……。好評の渾身書き下ろし第3弾！

冥暗《めいあん》の辻　無茶の勘兵衛日月録4
浅黄斑［著］
深傷を負い床に臥した勘兵衛。彼の親友の伊波利三は、ある諫言から謹慎処分を受ける身に。暗雲が二人を包み、それはやがて藩全体に広がろうとしていた。

刺客の爪　無茶の勘兵衛日月録5
浅黄斑［著］
邪悪の潮流は越前大野から江戸、大和郡山藩に及び、苦悩する落合勘兵衛を打ちのめすかのように更に悲報が舞い込んだ。大河ビルドンクス・ロマン第5弾

陰謀の径《みち》　無茶の勘兵衛日月録6
浅黄斑［著］
次期大野藩主への贈り物の秘薬に疑惑を持った江戸留守居役松田と勘兵衛はその背景を探る内、迷路の如く張り巡らされた謀略の渦に呑み込まれてゆく……

報復の峠　無茶の勘兵衛日月録7

浅黄斑［著］

越前大野藩に迫る大老酒井忠清を核とする高田藩と福井藩の陰謀、そして勘兵衛を狙う父と子の復讐の刃！正統派教養小説の旗手が贈る激動と感動の第7弾！

惜別の蝶　無茶の勘兵衛日月録8

浅黄斑［著］

越前大野藩を併呑せんと企む大老酒井忠清。事態を憂慮した老中稲葉正則と大目付大岡忠勝が動きだす。藩御耳役・勘兵衛の新たなる闘いが始まった……！

風雲の谺《こだま》　無茶の勘兵衛日月録9

浅黄斑［著］

深化する越前大野藩への謀略。瞬時の油断も許されぬ状況下で、藩御耳役・落合勘兵衛が失踪した！正統派教養小説の旗手が着実な地歩を築く第9弾！

流転の影　無茶の勘兵衛日月録10

浅黄斑［著］

大老酒井忠清への越前大野藩と大和郡山藩の協力密約が成立。勘兵衛は長刀「埋忠明寿」習熟の野稽古の途次、捨子を助けるが、これが事件の発端となって…

月下の蛇　無茶の勘兵衛日月録11

浅黄斑［著］

越前大野藩次期藩主廃嫡の謀略が進むなか、勘兵衛は大目付大岡忠勝の呼び出しを受けた。藩随一の剣の使い手勘兵衛に、大岡はいかなる秘密を語るのか…！

秋蜩《ひぐらし》の宴　無茶の勘兵衛日月録12

浅黄斑［著］

越前大野藩の御耳役・落合勘兵衛は祝言のため三年ぶりの帰国の途に。だが、待ち受けていたのは五人の暗殺者……！苦闘する武士の姿を静謐の筆致で描く！

幻惑の旗 無茶の勘兵衛日月録13

浅黄 斑［著］

祝言を挙げ、新妻を伴い江戸へ戻った勘兵衛の束の間の平穏は密偵の一報で急変した。越前大野藩の次期藩主・松平直明を廃嫡せんとする新たな謀略が蠢動しはじめたのだ。

はぐれ同心 闇裁き 龍之助江戸草紙

喜安幸夫［著］

時の老中のおとし胤が北町奉行所の同心になった。女壺振りと島帰りを手下に型破りな手法と豪剣で、悪を裁く！ワルも一目置く人情同心が巨悪に挑む新シリーズ

隠れ刃 はぐれ同心 闇裁き2

喜安幸夫［著］

町人には許されぬ仇討ちに人情同心の龍之助が助っ人。敵の武士は松平定信の家臣、尋常の勝負はできない。〝闇の仇討ち〟の秘策とは？大好評シリーズ第2弾

因果の棺桶 はぐれ同心 闇裁き3

喜安幸夫［著］

死期の近い老母が打った一世一代の大芝居が思わぬ魔手を引き寄せた。天下の松平を向こうにまわし龍之助の剣と知略が冴える！大好評シリーズ第3弾

老中の迷走 はぐれ同心 闇裁き4

喜安幸夫［著］

百姓代の命がけの直訴を闇に葬ろうとする松平定信の黒い罠！龍之助が策した手助けの成否は？これぞ町方の心意気、天下の老中を相手に弱きを助けて大活躍！

斬り込み はぐれ同心 闇裁き5

喜安幸夫［著］

時の老中の家臣が水茶屋の妓に入れ揚げ、散財しているという。極秘に妓を〝始末〟するべく、老中一派は龍之助に探索を依頼する。武士の情けから龍之助がとった手段とは？

水妖伝　御庭番宰領
大久保智弘［著］

信州弓月藩の元剣術指南役で無外流の達人鵜飼兵馬を狙う妖剣！　連続する斬殺体と陰謀の真相は？　時代小説大賞の本格派作家、渾身の書き下ろし

孤剣、闇を翔ける　御庭番宰領
大久保智弘［著］

時代小説大賞作家による好評「御庭番宰領」シリーズ、その波瀾万丈の先駆作品。無外流の達人鵜飼兵馬は公儀御庭番の宰領として信州への遠国御用に旅立つ！

吉原宵心中　御庭番宰領3
大久保智弘［著］

無外流の達人鵜飼兵馬は吉原田圃で十六歳の振袖新造・薄紅を助けた。異様な事件の発端となるとも知らずに……ますます快調の御庭番宰領第3弾

秘花伝　御庭番宰領4
大久保智弘［著］

身許不明の武士の惨殺体と微笑した美女の死体。二つの事件が無外流の達人鵜飼兵馬を危地に誘う…。時代小説大賞作家が圧倒的な迫力で権力の悪を描き切った傑作！

無の剣　御庭番宰領5
大久保智弘［著］

時代は田沼意次から松平定信へ。鵜飼兵馬は有形から無形の自在剣へと、新境地に達しつつあった……時代小説の新しい地平に挑み、豊かな収穫を示す一作

妖花伝　御庭番宰領6
大久保智弘［著］

剣客として生きるべきか？宰領（隠密）として生きるべきか？無外流の達人兵馬の苦悩は深く、そんな折、新たな密命が下り、京、大坂への暗雲旅が始まった。

居眠り同心 影御用 源之助人助け帖

早見俊［著］

凄腕の筆頭同心がひょんなことで閑職に……。暇で暇で死にそうな日々に、さる大名家の江戸留守居から極秘の影御用が舞い込んだ。新シリーズ第1弾！

朝顔の姫 居眠り同心 影御用2

早見俊［著］

元筆頭同心に御台所様御用人の旗本から息女美玖姫探索の依頼。時を同じくして八丁堀同心の不審死が告げられた。左遷された凄腕同心の意地と人情。第2弾！

与力の娘 居眠り同心 影御用3

早見俊［著］

吟味方与力の一人娘が役者絵から抜け出たような徒組頭次男坊に懸想した。与力の跡を継ぐ婿候補の身上を探れ！「居眠り番」蔵間源之助に極秘の影御用が…！

犬侍の嫁 居眠り同心 影御用4

早見俊［著］

弘前藩御馬廻り三百石まで出世した、かつての竜虎と謳われた剣友が妻を離縁して江戸へ出奔。同じ頃、弘前藩御納戸頭の斬殺体が江戸で発見された！

草笛が啼《な》く 居眠り同心 影御用5

早見俊［著］

両替商と老中の裏を探れ！北町奉行直々の密命に居眠り同心の目が覚めた！同じ頃、母を老中の側室にされた少年が江戸に出て…。大人気シリーズ第5弾

同心の妹 居眠り同心 影御用6

早見俊［著］

兄妹二人で生きてきた南町の若き豪腕同心が濡れ衣の罠に嵌まった。この身に代えても兄の無実を晴らしたい！血を吐くような娘の想いに居眠り番の血がたぎる！